LA
PETITE ANNETTE

OU

HEUREUX CEUX QUI PROCURENT LA PAIX

PAR

L'AUTEUR DE : *QUEECHY, LE VASTE MONDE*

TRADUIT LIBREMENT PAR

Mme WILLIAM MONOD

DEUXIÈME ÉDITION

PARIS
J. BONHOURE ET Cie, ÉDITEURS
48, RUE DE LILLE, 48

J. BONHOURE ET Cie, LIBRAIRES-ÉDITEURS
48, RUE DE LILLE, PARIS.

PETITE BIBLIOTHÈQUE DE L'ENFANCE
Volumes in-12, illustrés

Il paraît un volume le 1er de chaque mois. L'abonnement pour l'année entière est de 6 francs. Il part du 1er janvier ou du 1er juillet.

Chaque volume pris séparément.................... 60 cent.

Cartonné, avec couverture gaufrée, or et noir........ 1 franc.

1. **Récits d'une amie des enfants.**
2. **Scènes de la vie des enfants.**
3. **Robinsons (les) historiques**, par P. N. MAILLARD.
4. **Petit (le) créole**, par Mme W. de CONINCK.
5. **Patriotisme et charité**, par V. LAMY.
6. **Lanoma, la Colombe des Hurons.**
7. **Mère (la) de Marguerite**, par HESBA STRETTON.
8. **Au pays de l'Alperose**, par ALPH. LEVRAY.
9. **Juliette et Marie**, par Mme NELLY LIEUTIER.
10. **Ramoneur et Boule de Neige.**
11. **Chambre (la) aux volets fermés**, par Mlle L. BRANCHU.
12. **Deux (les) petits assiégés.** Épisode du siége de Paris.

Ces 12 volumes, les premiers de la collection, seront adressés *franco* au prix de 6 francs.

OUVRAGES POUR LES ENFANTS

Boîte (la) chinoise, par Mme E. DELAUNEY In-12...... 1 25

Christie et son orgue. Traduit par Mme MASON et Mlle TABARIÉ. In-12 .... 1 50

Daph la négresse, trad. par Mme E. DELAUNEY. In-12. 1 75

Flossette, par Mlle TABARIÉ. In-12............. 3 »

Henri Marsden, par A.-E. WARD. In-12...... 2 »

Jolie (la) Ida, par Mme DE CONINCK. In-12, illustré. 2 »

Journée (la) d'Émilie, par Mlle L. FLEUR. In-12....... 2 50

Récits de mères et de sœurs, par plusieurs dames.. 3 »

Récits de Noël, par J. DE LIEFDE. In-12 illustré.... 2 »

Enfant (un) de cœur, par Mlle M. TABARIÉ. In-12....... 3 »

Josaphat, le prince indien. Traduit par Mme SOPHIE G. 1 »

Orpheline (l') alsacienne, par Mme E. DELAUNEY.... 1 50

Petit (le) bûcheron. Avec 10 jolies gravures ...... » 60

Tableaux d'enfants. In-18...................... » 40

Petite Histoire naturelle pour les enfants. 96 planches en chromolithographie, comprenant au-delà de 1,000 dessins, accompagnées de 150 pages de texte. Un joli volume in-12 broché, ou en 12 livraisons sous bande.................... 3 »

Relié toile, tranches dorées.......... 4 »

LA PETITE ANNETTE

PARIS. — IMPRIMERIE ADOLPHE REIFF, 9, PLACE CAMBRAI.

LA
PETITE ANNETTE

OU

HEUREUX CEUX QUI PROCURENT LA PAIX

PAR

L'AUTEUR DE : *QUEECHY, LE VASTE MONDE*

TRADUIT LIBREMENT PAR

Mme WILLIAM MONOD

DEUXIÈME ÉDITION

PARIS
J. BONHOURE ET Cie, ÉDITEURS
48, RUE DE LILLE, 48

(B)

PRÉFACE DU TRADUCTEUR

Les histoires d'enfants très-pieux, les récits de morts édifiantes sont-ils faits pour être lus par tous les enfants sans exception?

Non, disent quelques personnes; les enfants possèdent à un haut degré l'instinct de l'imitation, et le langage religieux, si touchant dans leur bouche quand il est naïf et sincère, devient insupportable lorsqu'ils veulent le copier.

Dans un récit destiné à de jeunes lecteurs, disent les mêmes personnes, les parents devraient toujours avoir le beau rôle. Gardez-vous bien de les dépouiller de leur prestige; n'allez pas rabaisser la dignité paternelle ou maternelle en mettant en scène un père brutal, ivrogne et jureur, une mère grondeuse, dure, ou impatiente. Le bon exemple doit descendre au lieu de monter, et la règle, c'est que les enfants subissent une influence religieuse de la part de leurs parents, et non pas que les petits garçons et les petites filles convertissent leurs pères et leurs mères.

Ces objections ne sont pas sans fondement. Elles nous sont venues souvent à l'esprit quand nous lisions des récits destinés aux enfants et qui, à notre avis, étaient bien plutôt faits pour les grandes personnes. Ces objections nous ont même fait hésiter à traduire l'histoire d'Annette.

Réflexion faite, nous avons pensé qu'elles n'atteignaient point le touchant récit qu'on va lire. Tout en étant fictif, il a l'avantage d'être vrai. L'auteur du *Vaste Monde* a consulté sans doute ses souvenirs autant que son imagination. Il est de ces détails qu'on n'invente pas, et pour peu qu'on se soit occupé des êtres qui souffrent, on reconnaîtra ici plusieurs portraits tracés d'après nature.

En effet, ce qui devrait être n'est pas toujours, et si les jeunes cœurs sont faits pour s'épanouir au soleil de l'affection paternelle et maternelle, il est malheureusement un grand nombre de parents infidèles à leur mandat.

Or; il est utile pour les enfants privilégiés de savoir que d'autres sont moins bien partagés qu'eux; il leur est bon d'apprendre à compatir aux souffrances de leur prochain et d'apprécier à son juste prix l'éducation chrétienne qu'ils reçoivent.

Il existe de pauvres êtres aussi tristement partagés que la modeste héroïne de ce petit ouvrage. Leur montrer ce que peut faire une bonne et pieuse enfant, leur enseigner à quelle source elle puisait la force et la joie au sein de ses afflictions, n'est-ce pas faire une bonne œuvre? Et si l'on peut faire naître dans ces jeunes âmes l'espoir qui aide à vivre, la foi qui aide à souffrir, l'amour de Dieu qui aide à aimer ceux qui ne nous aiment pas, le but de l'auteur ne sera-t-il pas atteint?

Les pères adonnés à la boisson, dévorant en une séance de cabaret le gain destiné à les faire vivre, eux et leur famille, pendant une semaine, ne sont que trop nombreux. Il y a aussi un grand nombre de femmes accablées de travail, succombant sous le poids des inquiétudes et du chagrin, découragées autant qu'il est possible de l'être.

Ce petit récit peut faire du bien aux uns et aux autres. On ne se doute pas à quel point les histoires d'enfants intéressent les grandes personnes.

Mais, pourrait-on se demander, existe-t-il des enfants comme Annette?

Oui, on en voit, mais peu, et ces créatures exceptionnelles ne semblent pas faites pour un long séjour sur la terre. Natures d'élite, développées avant le temps par une mesure peu commune de souffrances, elles sont bientôt réclamées par la patrie céleste, d'où elles semblent ne s'être échappées que pour un moment. Même lorsque ces enfants extraordinaires naissent dans une famille heureuse, quand ils grandissent entourés d'affection et de bonheur, leurs parents sont presque toujours appelés à se les voir enlever jeunes. C'est ainsi que la petite Annette meurt après avoir accompli sa courte mission, et sa simple histoire illustre d'une manière frappante ce passage des Écritures : « Heureux ceux qui procurent la paix ! »

LA PETITE ANNETTE

ou

HEUREUX CEUX QUI PROCURENT LA PAIX

I

TRAVAUX DU SAMEDI SOIR

Dans un petit ravin tout garni d'épines sauvages, d'aulnes et de cèdres rabougris, coulait un ruisseau d'eau limpide. L'eau transparente laissait voir les cailloux étincelants qui formaient son lit, et tout en courant elle faisait entendre un doux murmure, comme si elle conversait en chantant avec les petits buissons qui lui prêtaient leur ombre.

C'était par une chaude après-midi d'été : le long d'un sentier foulé par des pas nombreux, sur un des bords du ruisselet, descendaient une femme et une petite fille. La première avait à

1.

là main un grand seau de bois; la petite fille en portait un plus petit en étain. Elles se mirent à puiser avec une sorte de grande cuiller, car l'eau était peu profonde. Les seaux furent remplis en silence; seule la source continuait à chanter. Puis la femme et l'enfant retournèrent sur leurs pas, et, après avoir regagné le sentier élevé seulement de quelques pieds au-dessus du lit du ruisseau, elles continuèrent à cheminer le long d'une pente douce, dans un terrain inculte, obstrué de broussailles.

Bientôt, à travers les arbres, parut un reflet brillant, renvoyé par les vitres d'une maisonnette sur laquelle le soleil couchant dardait ses rayons.

La petite fille et sa mère s'arrêtèrent à mi-chemin pour reprendre haleine, car leurs seaux, bien légers tout à l'heure, avaient acquis du poids, et tout le long de la route l'enfant se tenait penchée de côté, comme une branche de saule flexible. La femme elle-même avait l'air bien fatiguée et découragée.

— Je crois, dit-elle, que j'y succomberai un de ces jours.

— Oh ! non, maman, dit gaiement la fillette.

Haletante, la main sur le côté, elle avait une expression paisible, mais très-grave; en prononçant ces mots, un léger sourire illumina ses traits.

— Si, continua la femme; on ne peut pas supporter tous les jours les mêmes peines.

L'enfant n'avait pas encore retrouvé son souffle; néanmoins elle se mit immédiatement à entonner ce beau cantique :

> Dans la patrie éternelle
> Le repos enfin m'attend ;
> Jésus l'a, pour moi, rebelle,
> Conquis au prix de son sang.
> Jésus, Jésus m'y convie.
> Il promet après la vie,
> Dans mon heureuse patrie,
>   Le repos pour moi.
> Là plus de mal, plus de chute ;
> Le repos après la lutte,
>   Le repos pour moi.

— Oui, dans le tombeau, dit la mère avec amertume ; il n'y a de repos que là, pour le corps ou pour l'âme.

— Oh ! si, chère maman, nous qui avons cru, nous entrerons dans son repos. Jésus ne trompera pas notre attente.

— Tu dévores ta Bible, et je crois que tu la lis même en dormant, reprit la mère avec un faible sourire.

Puis, s'essuyant les yeux du coin de son tablier :

— Je suis bien aise que cela te console, Annette.

— Et toi, maman?

— Quelquefois, fit en soupirant Mme Matthieu. Mais ne voilà-t-il pas que ton père va nous amener un pensionnaire à la maison !

— Un pensionnaire! Et pourquoi faire?

— Le ciel sait si c'est pour me scier le dos et me briser le cœur. Je croyais avoir assez de tourment comme ça; mais voilà cet homme qui nous arrive, et il faut que je prépare tout pour le recevoir demain soir.

— Qui est-ce, maman?

— Quelque ami de ton père, rien de bon par conséquent.

— Où couchera-t-il? dit Annette après un moment de réflexion.

Sa mère s'arrêta :

— Il n'y a que ta chambre; Barthélemy ne voudra pas quitter la sienne.

— Et moi, maman, où coucherai-je?

— Il n'y a de place que là-haut, dans la mansarde. Je verrai à y disposer un lit pour toi, — si j'en trouve le temps, ajouta Mme Matthieu en prenant son seau.

Annette suivit l'exemple de sa mère et ne sourit plus jusqu'à la maison. Elles entrèrent par la porte de devant; la porte de derrière appartenait à une autre famille. Arrivées en bas de l'escalier, elles posèrent encore une fois leurs seaux; Annette sourit gentiment à sa mère et lui dit :

— Ne te donne pas la peine d'arranger la mansarde, maman, je m'en charge: je puis très-bien le faire moi-même.

Mme Matthieu ne répondit que par un soupir intérieur; puis elles montèrent l'étage qui conduisait à leur petit appartement; d'autres locataires occupaient le rez-de-chaussée. Le seau de bois fut placé dans un petit couloir, tandis qu'Annette entrait avec le sien dans la pièce principale. C'était la chambre à coucher des parents, car un des coins était occupé par un lit. C'était évidemment aussi la cuisine, car on y voyait un petit poêle, sur lequel Annette posa une marmite, après l'avoir remplie d'eau; c'était en même temps la salle à manger, puisque le premier soin de l'enfant fut d'ouvrir une armoire, d'y prendre des assiettes et de mettre le couvert sur une table pliante.

Le mobilier était commun; les châssis des fenêtres n'étaient pas peints; par terre, sur les carreaux de brique, on voyait deux méchants lambeaux de tapis. Néanmoins tout était bien entretenu et dénotait beaucoup d'ordre et de propreté chez la maîtresse de la maison.

Mᵐᵉ Matthieu s'était laissé tomber sur une chaise comme une personne qui n'a de courage à rien. D'un œil distrait, elle regardait sa fille mettre le couvert et semblait suivre le cours de ses tristes pensées sans voir ce qui l'entourait.

— Mère, dit la fillette, qu'y a-t-il pour le souper?

— Il n'y a rien, il faut que je fasse de la bouillie de seigle. Et la pauvre femme se leva.

— Reste tranquillement assise, maman; je ferai la bouillie, je sais très-bien la faire.

— S'il faut que nous mourrions toutes deux à la peine, dit Mᵐᵉ Matthieu, j'aime mieux que ce soit moi la première; et elle continua ses préparatifs.

— Mais tu n'aimes pas la bouillie, dit Annette, tu n'en as pas mangé hier au soir.

— Cela ne fait rien, enfant; je supporterais d'avoir l'estomac vide, si seulement je n'avais pas la tête si pleine.

Annette s'approcha un peu tristement du poêle.

— Je voudrais que tu eusses quelque chose qui te fût agréable, maman. Si seulement j'étais un peu plus âgée, ne serait-ce pas gentil?

Je pourrais gagner un peu et je t'achèterais,
avec mon argent, de bonnes choses pour ton
souper.

Ces paroles n'étaient pas prononcées d'un
ton chagrin. L'œil de l'enfant brillait, comme
si une riante perspective s'ouvrait devant elle ;
et tel était le charme de ce regard limpide que
Mme Matthieu, comme fascinée, quitta la bouillie
qu'elle remuait pour donner à sa fille un bon et
tendre baiser. Puis, elle se remit à faire tourner
la farine de seigle, et son expression devint
sombre.

— Chérie, dit-elle après un moment, cours
dans la chambre de Barthélemy et arrange-la
un peu avant qu'il rentre, veux-tu? Je n'ai pas
eu une minute de toute la journée, et nous
n'aurons pas un brin de paix s'il rentre avant
que sa chambre soit faite.

Annette alla ouvrir la porte d'une autre pièce
assez semblable à la première. Les parois n'é-
taient pas tapissées ; on voyait par terre un
morceau du même vieux tapis ; une petite com-
mode bon marché et une table composaient
l'ameublement. Le lit n'était pas fait, et les
draps froissés, les couvertures jetées pêle-mêle
annonçaient chez l'habitant de cette chambre
des habitudes remuantes. Au milieu de cette

literie en désordre s'étalait une paire de gros
souliers; des bottes trouées gisaient à terre;
les bas étaient l'un sous le lit, l'autre sous la
table. Cette table elle-même était couverte d'une
foule d'objets divers : morceaux de bois taillés
ou non, copeaux, débris de toute nature, cou-
teaux, limes, etc. De vieux journaux, des livres
de classe, une ardoise, un cerf-volant avec une
queue sans fin occupaient toutes les parties de
la chambre restées libres. Il y avait aussi une
bouteille d'encre et des plumes, de la chaux et
de la résine, et une infinité de ces choses sans
nom que seuls les garçons trouvent du plaisir à
collectionner.

Annette soupira-t-elle en apercevant ce tohu-
bohu? En tout cas, ce ne fut qu'un soupir intérieur, et, patiemment elle mit tout en ordre.
D'abord elle fit le lit, et il lui fallut toutes ses
forces pour cela, car les couvertures étaient
grossières et lourdes. Petit à petit, elle trouva
moyen de disposer les articles variés du ménage
de Barthélemy, de façon à donner à la chambre
un air de propreté. Peut-être en entonnant à
demi-voix ce refrain :

> Le repos après la lutte,
> Le repos pour moi!

trahissait-elle ses sentiments intimes...

— Holà! s'écria en faisant irruption dans la
la maison un gros gaillard de quinze ans, holà!
qui est-ce qui fourrage dans ma chambre?

— Moi, Barthélemy, dit une douce voix.

— Qu'as-tu fait de cette pomme de pin?

— La voici derrière la table.

— N'y touche pas, et surtout ne t'avise pas
de la mettre au feu, entends-tu, Annette? Où
est mon cerf-volant?

— Tu n'as pas le temps de l'enlever à présent, Barthélemy; le souper sera prêt dans
deux minutes.

— Qu'avez-vous pour le souper?

— La même chose qu'hier au soir.

— Je m'inquiète pas mal du souper! Et
Barthélemy ramassait la queue de son cerf-
volant.

— S'il te plait, Barthélemy, viens tout de
suite; si tu ne viens pas, cela donnera d'autant
plus de peine à maman. Elle a tout à relaver
et à ranger quand on a fini, tu sais.

— De la peine, toujours de la peine! Je ne
m'inquiète pas de la peine que je donne. Je te
dis que je n'ai pas besoin de votre souper.

Annette savait bien qu'il demanderait à manger plus tard; mais, voyant qu'il était inutile
d'insister davantage, elle ne dit plus rien. Bar-

thélemy prit son cerf-volant et s'en alla. Bientôt
retentit un pas plus lourd et bien connu, et
Annette courut précipitamment dans l'autre
chambre pour s'assurer que tout était prêt.
Mᵐᵉ Matthieu posait un plat de bouillie tout fu-
mant sur la table quand la porte s'ouvrit et un
homme entra. Il était grand et replet, ses traits
n'auraient pas été désagréables s'ils avaient eu
une expression différente et si son visage n'eût
été si rubicond. Il s'approcha de la table, s'assit et s'assura par un coup-d'œil du menu du
souper.

— Donnez-moi une tasse de café! N'as-tu
pas de pain, Sophie?

— Rien que ce que tu vois là. J'espérais que
vous apporteriez un peu d'argent, M. Matthieu.
Je n'ai ni lait, ni pain; par bonheur il me reste
un peu de sucre. Je ne sais de quoi tu prétends
faire vivre un pensionnaire.

— Eh! de sa pension; cela te donnera assez
d'argent. Mais il vous faut quelque chose pour
commencer. Je sortirais bien acheter quelques
petites choses, mais je suis si las que je n'en
puis plus.

Sans rien répliquer, Mᵐᵉ Matthieu mit son
bonnet.

— J'y vais, maman, laisse-moi y aller, je

t'en prie, s'écria Annette au même instant. J'irai faire les commissions; que faut-il que j'achète, papa?

— Eh bien ! descends jusque chez Perrin, et prends ce dont ta mère a besoin, du lait, du pain. Puis tu rapporteras trois kilos de farine de froment, un demi-kilo de cassonnade; demande aussi un bon morceau de porc.

— Elle ne pourra pas tout porter, dit la mère; il vaudrait bien mieux que tu y allasses toi-même. Tout cela fera une charge bien trop lourde pour cette enfant et même pour moi.

— Alors, j'irai deux fois, ce n'est pas loin ; cela me fera plaisir, j'y vais. De l'argent, papa, s'il te plait !

Pour toute réponse, il commença par jurer.

— Va-t-en et fais ce qu'on te dit sans tant d'embarras. Va chez Perrin acheter ce qu'il nous faut, et dis-lui que je le paierai demain. Il me connait.

Annette ne le savait que trop ; elle tint bon.

Son père était pris de vin, juste assez pour n'avoir plus les idées bien nettes.

— Tu sais, père, dit-elle doucement, qu'il ne me donnera rien si je n'ai pas de quoi payer. Demain, c'est dimanche.

Il se remit à jurer, grommela quelque chose

sur le dimanche, mais enfin il mit la main dans sa poche et jeta de l'argent sur la table. Il ne savait pas ce qu'il faisait et lançait à l'enfant des pièces de cinq francs au lieu des pièces de cinquante centimes qu'il aurait données s'il eût été à jeun. Annette ramassa tout sans faire aucune remarque, emporta son panier et sortit.

Encore quelques minutes, et le village allait être plongé dans les ténèbres. Sur le haut de la colline, la blanche église reluisait aux rayons du soleil couchant. La girouette étincelante qui ornait le clocher, les vitraux, tout, jusqu'à la dernière marche du perron placé devant le portail, semblait baigné dans l'or et la pourpre. Le soleil dorait l'herbe de la grand'route et le faîte de quelques ormeaux. Les rues étaient désertes, chacun étant rentré chez soi pour le souper. Annette tourna le coin de la ruelle et descendit la grand'rue.

Elle n'allait pas vite, ses petits pieds étaient fatigués de tout l'ouvrage qu'elle avait fait ce jour-là; son dos, ses bras, sa tête étaient bien las aussi. Cependant, Annette était heureuse que sa mère l'eût envoyée faire les commissions au lieu de les faire elle-même. Elle savait que cette pauvre mère ne pouvait souffrir de se montrer dans les rues avec sa vieille robe toute fripée, car Mme Matthieu avait connu des jours plus prospères. D'ailleurs, elle avait assez à faire le samedi soir, pour achever sa besogne, il fallait rester bien tard sur pied. La robe d'Annette n'était pas en bon état ; elle était même bien usée, comparée à celles de la plupart des enfants du village ; pourtant Annette n'était pas honteuse. Elle ne songeait pas à sa toilette en s'acheminant à pas lents vers le magasin de l'épicier ; elle pensait à l'emploi qu'elle ferait de son argent. Son père, elle s'en était bien aperçue, lui avait donné deux ou trois fois plus qu'il ne voulait dépenser ; il était bon ouvrier et venait de toucher sa paye de la semaine. Que ferait Annette ? Pouvait-elle garder cet argent et donner le reste à sa mère qui en avait un si grand besoin ? Jamais, une fois qu'on la lui aurait rendue, on ne pourrait obtenir du père une pareille somme.

Il avait sa manière à lui de disposer de ce qu'il gagnait ; sa femme et sa fille étaient obligées de s'entretenir à très-peu de frais.

Que faire ? L'enfant médita sur ce sujet, son panier à la main, jusqu'à ce que, au détour d'une rue, elle se trouva devant la boutique de M. Perrin.

Elle vit alors Barthélemy qui marchandait

quelque chose, car pour lui il avait, paraît-il,
de l'argent à dépenser.

— Oh! Barthélemy, quelle chance, s'écria-
t-elle, tu pourras m'aider à rapporter tout cela
à la maison!

— Par exemple, je veux savoir d'abord ce
que c'est; qu'est-ce que tu vas acheter?

— Papa m'a dit de prendre un boisseau de
farine, un morceau de porc et de la cassonnade.
Tu vois que je ne puis tout porter; j'ai encore
à aller chercher du pain et du lait.

— Bravo! dit Barthélemy; nous aurons des
beignets. Je porterai la cassonnade, à condition
que tu me fasses quelques beignets pour le
souper.

— Oh! je ne puis pas, Barthélemy; j'ai trop
à faire; c'est samedi soir.

— Très-bien; dans ce cas, rapporte tes affaires toi-même.

Barthélemy s'éloigna et Annette fit ses commissions; il la suivit pourtant des yeux et observa ses mouvements. Quand le porc, la farine et la cassonnade furent dans le panier, la
petite put à peine le soulever. Combien de
voyages allait-elle être obligée de faire pour tout
transporter?

— Barthélemy, dit-elle en apercevant encore

le gros garçon, emporte-moi cela, et si maman
veut, je te ferai des beignets.

— Alors, dépêche-toi, dit son frère en poussant rudement le panier ; je t'avertis que j'ai
faim.

Annette fit encore quelques pas sur la grand'-
route et entra dans un tout petit magasin. Une
petite table y servait de comptoir ; auprès, était
assise une petite femme bien mise qui cousait ;
elle se leva d'un bond quand l'enfant entra. L'ex-
quise propreté de sa robe d'indienne et de son
col blanc, ses cheveux parfaitement lisses, ses
traits même annonçaient une personne soigneuse
et bonne.

— S'il vous plaît, Mme Auguste, deux pains
et un litre de lait, dit Annette.

— Comment vas-tu, mon enfant ? Tu ne pourras pas porter tout à la fois.

— Oh ! pardon, madame, je pourrai très-
bien, reprit Annette avec courage ; ce n'est pas
lourd.

— J'aime à croire que mon pain n'est pas
lourd ; toujours est-il que huit livres pèsent deux
fois plus que quatre. Comment se porte ta mère ?

Et la petite boulangère affairée mesurait le
lait. Annette répondit que sa mère se portait
bien.

— Et toi donc? dit la bonne femme en se retournant pour la regarder. Je connais quelqu'un qui doit être fatigué ce soir.

— Oui, dit gaiement Annette, mais cela ne fait rien; il faut bien se fatiguer quelquefois. Merci, madame.

La brave femme avait posé les pains sur les bras de l'enfant et mis dans sa main l'anse de la boîte à lait, afin qu'elle pût la porter; elle la suivit des yeux comme elle remontait la rue.

— Il faut bien se fatiguer quelquefois! disait-elle en elle-même, branlant la tête d'un air capable. Je voudrais l'entendre dire : il faut bien se reposer quelquefois; mais c'est ce que je n'entends jamais.

Annette avait peut-être la même idée en rentrant chez elle, et ç'eût été fort naturel. Le soleil était couché; les vitres des maisons ne brillaient plus; les ombres du soir s'étendaient et les lumières commençaient à scintiller aux fenêtres. Annette avançait lentement, tenant ses pains des deux bras. Peut-être aspirait-elle, comme d'autres, après la fin de ses travaux du samedi. Ce que je puis vous dire, c'est qu'en suivant la rue paisible et déserte qui l'amenait à la maison, toute seulette, elle en-

tonna à demi-voix, comme se l'adressant à elle-
même, ce joli cantique :

> De la nuit les ténèbres
> Dans leurs voiles funèbres
> Nous ont ensevelis :
> Jésus, étends tes ailes
> Sur tes enfants fidèles,
> Sur moi-même et sur mes amis.

> L'astre qui nous éclaire,
> Cache à notre hémisphère
> Son éclat radieux ;
> Mais Jésus que j'adore
> Est l'immortelle aurore
> Qui luit sur nous du haut des cieux.

Quand elle arriva chez elle, elle monta l'escalier d'un pas alerte, entra, l'air doux et serein,
et dit à sa mère qu'elle avait fait une très-joli
promenade, ce qui, dans son idée, était parfaitement vrai.

— J'en suis bien aise, chère petite, dit sa
mère avec un soupir; qu'est-ce qui t'a rendu ta
course si agréable?

— Maman, le Seigneur Jésus a été avec moi
tout le temps.

— Dieu te bénisse, enfant, tu es mon bouton
de rose.

Elle n'eut pas le temps d'en dire davantage.
Matthieu s'était endormi sur sa chaise; à ce moment, Barthélemy entra et réclama bruyamment

de la part d'Annette l'accomplissement de sa promesse. Et sans qu'un nuage passât sur son paisible jeune front, elle prépara la pâte, fit frire
des beignets sur le poêle, et servit son frère
jusqu'à ce qu'il en eût assez; elle n'eut garde
de dire combien elle était lasse de se tenir sur
ses petits pieds. Il restait quelques beignets;
Mᵐᵉ Matthieu fit asseoir Annette et lui donna à
manger; ensuite elle l'envoya coucher sans lui
laisser laver la vaisselle, comme la petite en
demandait la permission. Mᵐᵉ Matthieu se char-
gea de ce soin; puis elle s'assit pour faire des
reprises et rapiécer des vêtements, jusqu'à ce
que, du haut de la colline, l'horloge de l'église
sonna lentement l'heure solennelle de minuit.

II.

LE REPOS DU DIMANCHE.

Le petit cabinet occupé par Annette était sur le même palier que la chambre de son frère et celle de ses parents; il était situé sur le derrière de la maison et avait une jolie vue sur les arbres et les buissons qui bordaient le ruisseau. Plus loin, le regard s'étendait sur des collines et des champs qui prenaient des aspects variés suivant l'inclinaison sous laquelle les rayons du soleil leur arrivaient. La chambrette était propre et bien tenue, peu garnie à coup sûr, sans le moindre petit morceau de tapis par terre. Sur une petite table noire était posée la Bible d'Annette et les livres qu'elle avait reçus à l'école du dimanche; une chaise était près de la fenêtre, et à un porte-manteau était suspendue toute la garde-robe de l'enfant. Le lit était joliment fait, les couvertures étaient soigneusement bordées. Annette trouvait sa chambre très-jolie. « C'est donc la dernière fois que j'y couche, se dit-elle en entrant; demain, il faudra monter dans la mansarde. Eh bien! là-haut aussi, je pourrai prier, Dieu sera avec moi là comme ici. » C'était une consolation, mais c'était la seule qu'Annette trouvât à l'idée de ce déplacement. La mansarde en question était une sorte de grenier servant de débarras; elle n'était ni plafonnée, ni planchéiée, ni carrelée. Les douves de la charpente servaient de murs; les solives et les tuiles seules s'interposaient entre le galetas et le ciel. En outre, ce recoin était plein de toute espèce de rebuts, et Annette ne se représentait pas comment elle pourrait se retourner là-dedans, le lendemain qui était un dimanche. Toutefois, la fatigue l'emporta et elle s'endormit profondément dès que sa petite tête fut posée sur l'oreiller, sans plus penser à ses soucis.

Le lendemain matin, l'enfant s'éveilla tout heureuse à l'idée que c'était dimanche. L'aurore éclairait de ses fraîches et vives lueurs les collines lointaines et semblait promettre du bonheur aux habitants de la terre. Annette con-

templait ce spectacle avec amour. Ces chères
collines, elle les aimait tant! En les voyant, elle
pensait à ce beau passage : « Comme les mon-
tagnes sont autour de Jérusalem, le Seigneur
est autour de son peuple »; et, tout en s'habil-
lant, elle se sentait entourée d'une invisible et
puissante protection. Aussi, quand elle s'agenouilla pour faire sa 'prière, son jeune cœur
était-il plein d'actions de grâces.

Ensuite elle prit son petit seau d'étain et alla
chercher à la source de l'eau pour la marmite.
L'air était doux, le temps indescriptiblement
beau. De brillantes gouttelettes de rosée étaient
suspendues aux broussailles et aux herbes du
chemin; les fleurs sauvages exhalaient un par-
fum vivifiant. L'haleine de la brise matinale
caressait les joues et la chevelure de la petite
promeneuse et semblait annoncer que Dieu
donnait un jour de grâce à la terre; aussi Annette le remercia-t-elle du fond du cœur. Le
dimanche était pour elle un jour de fête; l'école
du dimanche et le culte faisaient ses délices.
Elle y allait par tous les temps; mais, quand
il faisait beau, elle s'en réjouissait doublement.

Après avoir gaiement rempli son seau, elle
s'en retourna et eut un peu de peine à le porter
jusqu'à la maison; puis, elle alla frapper à la

porte de sa mère. Mme Matthieu, en jupon et en camisole, venait de se lever; elle avait l'air de n'avoir pas assez dormi.

— Est-il tard, Annette? dit-elle en voyant entrer la petite fille et son seau.

— Non, maman, il n'est pas tard; je vais préparer le feu pendant que tu t'habilleras. Il fait bien beau dehors.

Mme Matthieu ne répondit pas; l'enfant se mit à l'œuvre, n'eut pas de peine à allumer le feu, posa la marmite sur le poêle, et fit doucement le tour de la chambre pour tout mettre en ordre. Voyant que son père dormait encore :

— Je ne puis pas encore mettre le couvert? dit-elle.

— Non, mon enfant ; va, j'aurai soin du reste, si toutefois je parviens à faire lever mon monde, ajouta la mère d'un d'air un peu découragé.

Or c'était, le dimanche matin, une entreprise difficile; la mère et la fille en savaient quelque chose.

Mais suivons Annette, qui se glisse dans sa chambre, espérant mettre à exécution un projet caressé depuis la veille. Elle voudrait transporter toutes ses affaires dans la mansarde sans que sa mère s'en aperçoive. Ce serait autant de peine et de tracas de moins pour la pauvre femme, à qui l'arrivée du pensionnaire laissera peu de repos. Annette ne faisait jamais, le dimanche, de travaux inutiles; mais transporter son petit bagage était chose indispensable. Un escalier roide conduisait au galetas et aboutissait dans le couloir droit à côté de la porte de la petite fille. Elle commença par monter pour se rendre compte de la situation. Le grenier était rempli d'objets placés là au hasard. Un petit contrevent entr'ouvert laissait pénétrer quelques rayons de soleil, et la lumière révélait l'extrême confusion et la poussière qui régnaient dans le taudis. La fenêtre du fond était complétement fermée par un grand tas de caisses et de barils empilés les uns sur les autres. Annette resta un moment les bras pendants sans savoir que faire. Mais elle se dit : Si je ne me mets pas à l'œuvre tout de suite, c'est maman qui aura toute la peine. Cette idée fortifia son petit bras, tandis que la pensée de son Protecteur invisible soutenait son cœur prêt à faiblir. Alors elle commença ses opérations, tout doucement, pour que sa mère ne l'entendît pas d'en bas; il est vrai que c'était dimanche... mais qu'y faire?

Malgré la grande pile de boîtes, l'enfant ré-

solût de s'attaquer d'abord au coin où se trouvait la fenêtre fermée ; de l'autre côté, il y avait
des objets impossibles à remuer : vieux poêles,
brouettes, caisse remplie de ferrailles, sacs à
charbon, etc. En poussant et tiraillant comme
elle put, Annette fit de la place pour les caisses
et les déplaça une à une, péniblement, car il y
en avait de lourdes et d'autres peu commodes à
tenir dans ses bras. Pourtant elles voyagèrent
toutes de cette façon, et, après avoir été maintes
fois tournées et retournées, elles occupèrent
enfin une position convenable dans la sou-
pente. Barthélemy aurait été d'un puissant secours dans ce déménagement, pour ne rien dire
de son père ; mais Annette ne pensa pas même
à eux, tant elle était habituée à se passer de
leur aide. M. Matthieu travaillait de son métier
et trouvait que les femmes devaient pourvoir à
tout dans la maison. Barthélemy considérait
qu'après le rude labeur de l'école il n'y avait
plus rien à faire pour lui dans le monde. Cependant Annette continuait à se trémousser au milieu de ses caisses et de ses barils ; elle s'était
écorchée les bras ; sa figure, si propre tout à
l'heure, était couverte de poussière ; pauvre enfant ! elle n'en pouvait plus. Mais chacun de ses
efforts en évitait un à sa mère, et Annette ne

s'arrêtait que le temps nécessaire pour reprendre haleine.

Le dernier objet placé près de la fenêtre était un vieux coffre. Pour celui-ci, impossible de le faire bouger ; Annette en conclut qu'il fallait le laisser en place et qu'elle en ferait même un siége très-commode. Tout le reste ayant été déplacé, elle ouvrit la fenêtre ; il n'y avait ni vitres ni châssis, mais seulement un contrevent de bois fixé par un crochet. A sa grande joie, l'enfant s'aperçut que là aussi elle aurait une très-belle vue sur ses chères collines resplendissantes de lumière ; et même, en raison de l'élévation du grenier, on dominait du regard une plus vaste étendue de paysage. Annette, ravie, resta longtemps à la fenêtre, aspirant l'air pur, admirant la campagne avant de reprendre son labeur? Ce petit arrêt permettait aussi à la poussière de tomber.

Il y avait bien à faire encore avant qu'il y eût place pour un lit, sans parler du reste. Pourtant, Annette en vint à bout, et quand la chambre fut bien balayée et le dessous du coffre bien nettoyé, elle alla chercher ses affaires et disposa comme elle put ses vêtements, son petit morceau de glace, sa Bible, ses livres, son ardoise et sa petite cuvette. Il fallut plus d'un voyage pour monter tout cela, mais la diligente petite personne avait fini quand sa mère l'appela pour le déjeuner. Les deux dormeurs, enfin levés, étaient à table.

—Eh ! qu'as-tu donc, petite ? quel air tu as ! dit Mme Matthieu.

— Tu es toute barbouillée, ajouta son père.

Annette se hâta de mettre la conversation sur un autre sujet, craignant qu'on n'échangeât, à propos de son déménagement, quelques paroles désagréables. Décidée à faire son devoir, elle remit à son père le reste de l'argent.

— Hier, dit-elle, tu m'en as donné trop, voici le reste.

—Quoi ! dit Matthieu, en regardant ce qu'elle lui rendait, t'ai-je donné tout cela ?

— Oui, papa.

— Et tu as payé tout ce que tu as acheté ?

—Oui, papa.

Il grommela quelque chose qui ressemblait à un juron, et regarda sa fillette qui déjeunait tranquillement. Il parut touché, ce qui ne lui arrivait guère.

— Tu es une honnête créature, dit-il, tiens, voilà pour toi ; et il jeta sur la table une pièce de dix sous.

— Pour moi ? papa, répéta-t-elle plusieurs

fois ; et l'éclat cramoisi de ses joues disait assez combien elle était contente.

— Tout pour toi, reprit M. Matthieu en empochant le reste de son argent d'un air satisfait.

Annette ne souffla plus mot, elle se hâta d'achever son déjeuner et alla mettre son bonnet propre. En effet, les habitudes tardives de certains membres de la famille l'obligeaient à se presser beaucoup pour arriver à l'école du dimanche à l'heure voulue. Sa mère ne la laissait jamais s'attarder au ménage, ce jour-là, et c'était pour l'enfant le plus beau moment de la semaine. Elle ne pensait pas que son simple bonnet de mousseline, bien propre et bien tuyauté, contrastât avec les chapeaux ornés de fleurs et les toques garnies de plumes de ses petites compagnes. Elle aimait tant son école, sa Bible et sa monitrice !

L'église n'était pas loin de chez Mme Matthieu ; pour y aller on pouvait suivre la grand'-route, ou prendre un chemin de traverse peu fréquenté ; la petite fille préférait celui-ci, parce qu'elle n'y rencontrait ordinairement personne.

Le groupe dont Annette faisait partie se composait d'une dizaine de petites filles de son âge,

La monitrice, Mme Fournier, était bonne et bien-
veillante ; elle choisissait avec beaucoup de soin
les questions auxquelles les enfants devaient
répondre d'après la Bible. Après avoir cherché,
pendant la semaine, les passages qui s'y rap-
portaient, Annette était impatiente de connaître
les réponses de ses compagnes à la question du
jour : Qui est heureux ? Elle arriva une des
premières, et de sa place elle put voir entrer les
garçons et les filles, les moniteurs et les moni-
trices. Bientôt arriva Mme Fournier :

— Comment allez-vous ? dit-elle à son élève
avec intérêt ; êtes-vous tout à fait bien ce
matin ?

L'enfant, en effet, avait l'air pâle et fatiguée ;
mais, à cette question, son visage se colora et
un sourire illumina ses traits ; elle répondit
qu'elle se portait très-bien.

— Avez-vous trouvé une bonne réponse ?

— Oui, madame, j'ai un beau verset à lire ;
mais je savais déjà qui est heureux.

— Je pensais bien que vous le saviez, mon
enfant ; eh bien ! ces heureux, qui sont-ils ?

— Ceux qui aiment le Seigneur Jésus.

— Oui, c'est cela. Dans l'armure du chrétien,
décrite par l'apôtre, les pieds sont chaussés des
dispositions de l'Évangile de paix. Avec l'a-

mour de Jésus dans le cœur, nous traversons des chemins bien rocailleux, sans que nos pieds en sentent les aspérités. N'êtes-vous pas de cet avis ?

— Oh ! oui, madame.

L'entretien s'arrêta là, car les autres élèves arrivaient. Annette s'étonnait que la bonne dame parût connaître si bien les difficultés de sa vie, mais ces paroles furent pour elle un encouragement et une consolation. Il en fut de même de la leçon du jour. Les enfants avaient choisi de beaux passages de la Parole de Dieu. Cinq petites filles répétèrent les béatitudes contenues au cinquième chapitre de saint Matthieu, sur les pauvres en esprit, les débonnaires, ceux qui pleurent, ceux qui ont faim et soif de la justice, les miséricordieux, ceux qui ont le cœur pur et ceux qui procurent la paix. Annette lut ces paroles : *Heureux celui qui a le Dieu de Jacob pour appui et dont l'espérance est au Seigneur son Dieu.* Une autre élève cita ces mots de Jésus : *Vous êtes heureux de savoir ces choses, pourvu que vous les pratiquiez.* Enfin le dernier passage choisi était celui-ci : *Heureux celui dont la transgression est pardonnée et dont le péché est couvert.* Annette trouva le verset de Mme Fournier plus consolant encore

3

que tous les autres : *Heureux ceux qui font ses commandements, afin qu'ils aient droit à l'arbre de vie et qu'ils entrent par les portes dans la ville.*

La monitrice parla de cette cité magnifique, de ses portes d'or par lesquelles il n'entrera rien de souillé. Elle dit que, dans ce séjour de gloire, Jésus rendrait les siens parfaitement heureux, qu'ils seraient toujours avec lui, et que toute larme serait essuyée de leurs yeux. Jésus serait leur berger, ses brebis ne s'égareraient plus loin de lui ; elles verraient sa face, et son nom serait écrit sur leurs fronts. Annette avait peine à retenir ses larmes ; elle se croyait déjà dans le ciel, mais il lui semblait étrange de pleurer de joie. On termina par un chant de cantique :

> Oh ! bienheureux mille fois
> L'enfant que le Seigneur aime,
> Qui de bonne heure entend sa voix,
> Et que ce Dieu daigne instruire lui-même !

Après l'école du dimanche venait le culte. C'était un pasteur étranger qui prêchait ce jour-là ; Annette ne comprenait pas toujours le sermon, mais les paroles de Mme Fournier lui trottaient dans la tête ; elle s'en nourrit tout le temps du culte, et en rentrant chez elle, elle entendait résonner à ses oreilles l'air d'un de ses cantiques favoris :

Sois avec nous, Seigneur Jésus.
A tes enfants, oh ! fais voir ton salut.

Quel contraste elle trouva en rentrant au logis, entre sa demeure terrestre et la ville aux portes d'or ! sa mère, assise à côté du poêle, la tête appuyée sur la main, n'était pas encore prête pour aller à l'église. M. Matthieu, établi de l'autre côté, parlait d'un air courroucé ; Barthélemy jouait à la balle dans le fond de la chambre.

La conversation s'arrêta quand Annette fit son entrée ; elle ôta son bonnet et mit le couvert, espérant ainsi rétablir la paix.

— Ton père ne veut pas dîner, dit Mme Matthieu.

— Si bien ! repartit le mari d'une voix tonnante, ne vous ai-je pas dit de me donner n'importe quoi à présent et de garder le reste de votre cuisine pour ce soir, quand Lambert sera arrivé ?

— Va, enfant, fais ce que tu as à faire.

Rien n'était prêt, et la pauvre petite ne savait comment se retourner ; elle craignait de dire le moindre mot, de peur d'amener un orage. Sa mère avait l'air fatiguée et de mauvaise humeur. Seule une bouillotte qui chantait sur le feu présentait dans la chambre un aspect agréable.

— Papa, dit Annette, veux-tu une tasse de café ?

— N'importe quoi ; oui, une tasse de café, ça fera mon affaire. Écoute bien : je veux pour ce soir un souper abondant et un peu soigné. Ta mère ne veut pas m'entendre, mais M. Lambert sera ici, et je veux qu'il soit bien servi, pour qu'il voie qu'il a bien choisi son gîte.

Annette fit du mieux qu'elle put ; elle donna à Barthélemy la bouillie réchauffée de la veille en y ajoutant un peu de sucre pour le tenir tranquille. Puis elle offrit à son père une tasse de café avec un morceau de pain grillé qu'il mangea avec avidité. Elle en conclut qu'il fallait en faire rôtir encore, ce qui n'était pas facile, car il n'y avait presque pas de feu.

— Allons ! cria Barthélemy qui était las de sa bouillie, donne-nous un peu de cela.

— Je ne puis pas, Barthélemy, il n'y a pas assez de pain, répondit-elle à demi-voix ; il faut en garder une miche pour le souper.

— Mange ce qu'on te donne et laisse-nous la

paix, tonna le père de la voix qu'il prenait quand sa patience était à bout.

— Elle en a encore, dit Barthélemy, elle en a fait griller deux morceaux ; j'en veux un.

— Tais-toi, ou je vais t'administrer une correction, dit Matthieu.

Annette craignit que son père ne voulût tout le pain, tandis qu'elle en réservait un morceau pour sa mère. Pourtant, après avoir offert à son père une seconde tranche de pain. elle s'aventura à prendre la troisième et à l'apporter avec une tasse de café à sa pauvre maman, assise toute seule de l'autre côté du poêle. Mme Matthieu ne prit que le café. Mais la colère de son mari se réveilla.

— As-tu tout préparé pour M. Lambert? dit-il d'un ton bourru.

— Non, dit sa femme, je n'ai pas eu le temps : il m'a fallu faire la cuisine et le ménage, toute la matinée. Sa chambre n'est pas prête.

— Tu ferais bien de t'y mettre au plus vite. Qu'y a-t-il à faire ?

— Ce qu'il y a à faire ! Mais tout, naturellement.

Matthieu jura.

— Ne peux-tu répondre raisonnablement? Je demande ce qui reste à faire.

— Il faut monter toutes les affaires d'Annette et descendre le bois de lit brun.

— Non, dit gentiment Annette, toutes mes affaires sont en haut, excepté ma paillasse et mon lit que je n'ai pas pu transporter.

Mᵐᵉ Matthieu ne trahit par aucun signe le chagrin et la joie qui lui traversaient l'âme, joie à l'idée de la tendre prévoyance de l'enfant, chagrin en pensant à la peine qu'elle avait dû se donner.

— Quand as-tu fait cela, ma fille ?

— Ce matin, maman, avant le déjeuner. Tout est prêt, papa, et si toi ou Barthélemy vouliez monter ma paillasse et mon lit, et descendre l'autre bois de lit, il n'y aurait plus rien à faire.

— Voilà ce que j'appelle avoir un peu de sang dans les veines, dit le père. Cela vaut mieux que de s'asseoir en attendant que l'ouvrage se fasse tout seul. Allons, je vais t'aider.

Annette s'empressa de montrer à son père de quoi il s'agissait. Avec ses bras herculéens, il eut bientôt fait, et, le voyant de belle humeur, Annette, après l'avoir remercié, lui demanda s'il voudrait bien l'aider à dresser le bois de lit. Elle songeait, avant tout, à épargner cette fatigue à sa mère.

— Je veux bien, répondit M. Matthieu ;

voyons, fillette, quelle pièce plaçons-nous par ici?

Annette n'en savait rien ; mais, comme elle mettait tout son cœur à la chose, elle devina l'arrangement des pièces et sut diriger son père. Sa part de travail à elle n'était pas facile ; il fallait maintenir en place l'extrémité du bois de lit et remettre ensuite les vis et les chevilles. La petite n'avait pas dîné, mais elle attendit patiemment que l'œuvre fût achevée. Elle trouva sa mère assise à la même place ; Matthieu et son fils étaient sortis.

— Maman, dit l'enfant, ne veux-tu rien manger ?

— Non, je ne puis pas manger ; et toi, tu n'as rien pris encore ?

Annette saisit un morceau de pain laissé par son père et l'avala en hâte.

— Maman, n'est-ce pas, tu vas mettre ta robe et tu viendras à l'église cette après-midi ? cela te reposera.

— Tu oublies que j'ai le souper à préparer. Ton père n'admet pas qu'on se repose ni qu'on aille au culte, ou qu'on fasse autre chose que de travailler. Je ne sais, en vérité, à quoi il pense. A peine si nous avons la place de manger ici, et il va m'amener un étranger là-dedans. Morte ou vive, il faudra bien que je sois levée

pour tous les repas. Jamais je n'aurais cru mener une vie pareille ; et je ne pourrai ni m'habiller, ni faire la cuisine, ni avoir un moment à
moi, sans risquer de voir M. Lambert ou ton
père mettre le nez dans la chambre. Si ce n'est
pas une vie de galérien !

— L'horizon est bien sombre, se dit Annette
en ôtant le couvert.

Sa mère continua :

— Je ne sais quel homme est ce Lambert. Je
parie que c'est un buveur et un jureur, et
M. Matthieu le fait ici venir pour que je m'occupe à prendre soin de lui ! Je serai morte avant
le printemps, si cela dure.

— Ne pourrait-on pas dresser un lit ailleurs
pour Barthélemy, et manger dans sa chambre,
mère ?

— Mais où dresser un lit ? Je ferais bien une
alcôve avec un rideau dans un coin de cette
chambre, mais Barthélemy n'y consentira pas,
ni ton père non plus. Puis, du moment que le
froid commencera, ils seront tous les deux sur
le poêle. Non, il n'y a rien à faire que de vivre
misérablement jusqu'à ce qu'on meure.

— Maman, Jésus a dit : Celui qui vit et croit
en moi ne mourra point pour toujours.

— Oh ! oui, fit Mme Matthieu avec une sorte

de gémissement. Je ne sais trop ce qui en est
de cela. Je suis tellement bouleversée ces
jours-ci, qu'il me semble ne plus avoir d'âme.

— Maman, viens au culte, cette après-midi.

— Je ne puis pas, enfant ; il faut que je fasse
le lit de cet homme et que je le dresse par des-
sus le marché.

— Tout cela est fait, mère ; la chambre est
balayée, viens.

— Et qui a fait tout cela ?

— Papa et moi.

— Je déclare que tu vaux mieux que nous
tous ensemble, Annette ; mais je ne puis pas
aller à l'église, il est trop tard.

— Non, maman, tu as tout le temps ; nous
avons encore, avant le culte, toute la seconde
école du dimanche (¹).

— Eh bien ! pars toujours, ma petite ; si je
puis, j'irai te rejoindre.

Annette partit, bien légère et presqu'à jeun,
grâce à ses travaux pénibles et à son dîner
composé d'une bouchée de pain sec. Mais elle
n'y pensait guère. Le sujet de la leçon de
l'après-midi était : Heureux ceux qui procurent
la paix !

(1) Dans certains pays, on réunit les enfants deux fois par
dimanche pour les instruire.

Mme Fournier interrogea les enfants sur le moyen de mettre cette parole en pratique. Les réponses ne furent pas très-promptes.

— N'est-ce pas en empêchant les gens de se quereller ? dit une petite fille.

— Et comment vous y prendriez-vous, Charlotte ?

Elle hésita.

— Je les prierais de cesser, dit-elle.

— Mais s'ils sont en colère, vous écouteront-ils ?

— Je ne sais pas, madame ; peut-être que non.

— Peut-être bien, en effet, ne réussiriez-vous pas. Une chose est certaine, Charlotte, c'est que, pour avoir la moindre chance de succès, il faut avant tout que la paix habite dans votre cœur.

— Comment cela, madame ?

— Si vous voulez éteindre un feu, il ne faut pas y jeter des matières inflammables.

— Oh ! non, reprit une autre enfant, cela ne ferait qu'augmenter le feu.

— Sans doute. De même si vous voulez toucher des esprits querelleurs et adoucir des âmes courroucées, il faut que vous soyez remplies vous-mêmes de l'amour de Jésus-Christ. Vous voyez que, pour procurer la paix, il y a une condition essentielle.

— Je croyais, ajouta une fillette, que c'était la chose la plus simple du monde.

— A l'expérience, vous ne trouverez pas qu'il en soit ainsi, dit Mᵐᵉ Fournier. Mais voyons, quels autres moyens avons-nous de procurer la paix? Que faites-vous quand une porte crie en tournant sur ses gonds?

L'une des élèves dit qu'elle ne le savait pas; une autre, qu'elle se bouchait les oreilles.

Mᵐᵉ Fournier sourit :

— Ce serait là un singulier moyen de travailler au rétablissement de la paix. Savez-vous ce qu'on met dans les rouages d'une machine pour en adoucir les frottements?

— De l'huile, s'écria Charlotte.

— De l'huile, c'est cela. Mettez une petite goutte d'huile dans un engrenage, et aussitôt toutes les pièces qui grinçaient, craquaient, criaient et semblaient se plaindre les unes des autres, sont réduites au silence et poursuivent paisiblement leur marche. Nos caractères ressemblent aux ressorts et aux rouages d'un mécanisme compliqué; mais quelle huile faut-il employer pour les adoucir?

— La bonté, répondit une élève?

— Oui, une bonne parole, un regard d'affection, un élan de bonté adoucira l'humeur irritée et ramènera la sérénité sur un visage grimaçant. La douceur facilite tout et fait accueillir même la répréhension. Vous connaissez ce psaume :

Que le juste me soit sévère,
Ses reproches me seront doux,

Celui qui procure la paix, vous le voyez, doit donc être juste lui-même, sinon il n'a pas une provision d'huile, puisque cette huile est l'amour de Jésus.

— Madame, dit Annette, Jésus n'a-t-il pas procuré la paix ?

— Oh! oui ; lui seul a mis ce précepte parfaitement en pratique, dit la monitrice dont les yeux brillaient d'aise à cette question enfantine. C'est de lui que vient toute paix. Il nous a acquis la paix en mourant sur la croix, réconciliant ainsi l'homme avec Dieu.

— Et, dit Annette en hésitant un peu, ne serait-ce pas là un excellent moyen de procurer la paix ?

— Quoi, mon enfant ?

— Je veux dire de persuader les autres de faire la paix avec Dieu.

— C'est là le moyen par excellence, c'est agir

véritablement en enfant de Dieu. Jésus est
venu annoncer la paix, et c'est ce que ses serviteurs font et feront après lui jusqu'à son retour. « Et ils seront appelés enfants de Dieu.
Mes bien-aimés, si Dieu nous a ainsi aimés, nous
devons aussi nous aimer les uns les autres. »

Ici, Mme Fournier s'arrêta, émue et pensive,
toute pénétrée d'une tendre affection pour les
jeunes âmes qui l'entouraient ; aucun des enfants
n'osait rien dire, et avant que la monitrice eût
repris la parole, la sonnette du directeur retentit et on se leva pour chanter. Annette put à
peine chanter. Ce serait si beau, pensait-elle,
d'être de ceux qui procurent la paix ! Aurait-
elle ce bonheur ? Le Seigneur déclare heureux
ceux qui procurent la paix ; sa volonté est donc
que tous ses enfants soient de ce nombre ; elle
aussi pourrait avoir part à ce bienfait. Son
jeune cœur était gonflé d'espoir, de joie et de
prière ; elle savait bien aussi pour qui, avant
tout, elle désirait ardemment la paix.

Mme Matthieu était à l'église ; aussi Annette
put-elle jouir du culte sans arrière-pensée. La
mère et la fille rentrèrent à la maison ensemble,
sans se dire grand'chose. Annette comprit fort
bien le soupir que sa mère laissa échapper, au
bas de l'escalier. Heureusement la maison était

vide. L'enfant changea vite de robe et dit :

— A présent, maman, que faut-il faire pour le souper? Tu vas t'asseoir et lire, si tu en as envie, pendant que tu es tranquille, et moi, je ferai tout ce que tu me diras.

— Il n'y a pas grand'chose à faire, dit Mme Matthieu. J'ai fait cuire le porc, ce matin, et c'est ce qui a si fort indisposé ton père. Les pommes de terre sont toutes prêtes à être mises au feu. Je voulais les faire bouillir ce matin, mais il m'en a empêchée. Il a dit aussi qu'il fallait des gâteaux.

A ces mots, Annette prit un air grave :

— Je ne crois pas, dit-elle, que ce morceau de pain suffise, quand même nous n'y toucherions ni toi ni moi ; il n'y en pas gros.

Mme Matthieu s'assit d'un air de lassitude et prit son Nouveau Testament, comme sa fillette l'y engageait. Annette mit au feu la marmite et un pot de pommes de terre, et se mit en devoir de faire de la pâte. Le couvert était mis et le porc froid posé sur la table, quand Barthélemy entra.

— Bravo, cria-t-il, du porc et des gâteaux ; des gâteaux et du porc, voilà ce que j'aime ! Nous allons commencer à mener une vie un peu convenable.

— Chut, Barthélemy, ne fais pas tant de bruit, tu sais bien que c'est dimanche.

— Dimanche! et après? Pourquoi le dimanche est-il fait, sinon pour bien manger?

— Oh! Barthélemy!

— Oh! Barthélemy! fit-il en singeant sa sœur. Allons, dépêche-toi! fais frire tes beignets; papa et Lambert vont arriver à l'instant.

Aussitôt que le pas de M. Matthieu retentit dans l'escalier, Annette mit ses beignets dans la poêle. Elle détourna seulement la tête pour jeter un regard sur M. Lambert, au moment où il entra. Il ressemblait à Matthieu pour les allures, et déplut fort à l'enfant, qui ne le voyait pas, comme elle voyait son père, à travers le prisme de l'amour filial. Lambert était grand, fort et replet; il portait sur le visage ces teintes luisantes et rubicondes qui ne sont pas produites par le soleil, mais par le vin. Annette sut bientôt à quoi s'en tenir et put juger, par cette première soirée, du genre de vie qu'on allait mener dans la maison. Mme Matthieu servit le café et fit frire des beignets; faute d'avoir pris la nourriture dont elle aurait eu besoin, elle se sentit sur le point de s'évanouir. Jamais, pensait-elle, trois personnes n'avaient mangé autant de gâteaux en un seul repas. En vain

on remplissait assiette après assiette, en vain la
poêle était sans cesse remise sur le feu. Enfin les chaises remuèrent, les trois hommes
descendirent, la mère et la fille se regardèrent.

— Il n'en reste plus qu'un, maman, dit Annette.

— Cet homme a mangé au moins la moitié
de ce morceau de porc, dit Mme Matthieu. Viens,
petite, prends quelque chose; tu vas tomber
d'inanition. J'ôterai le couvert.

Il n'est au pouvoir de personne d'enlever sa
joie au cœur où Jésus habite. Ce soir même,
le pain d'Annette lui parut aussi bon que le
meilleur gâteau. Avant qu'elle eût fini son souper, son père et le pensionnaire revinrent.
Ils s'assirent à côté du poêle, entamèrent une
conversation politique; puis, ils parlèrent de
leur ouvrage, du patron, des camarades, des
affaires du village et des gens qui faisaient
fortune.

Ils parlaient haut et d'un ton important; Annette avait peine à s'approcher du poêle pour
prendre de l'eau chaude afin de laver la vaisselle. Cette façon de clore le dimanche ne lui
plaisait guère. Cependant, la conversation allait toujours son train. Parfois, Matthieu permettait à sa fille de lui chanter un cantique,

le dimanche soir. Annette épiait le moment favorable, et quand l'entretien parut moins animé elle demanda doucement :

— Papa, veux-tu que je chante?

Matthieu hésita, puis il répondit :

— Non; je ne crois pas que M. Lambert trouve cela amusant.

Annette, bien fatiguée, attendit encore un moment; puis, elle alluma une chandelle.

— Que vas-tu faire? lui dit sa mère.

— Je vais me coucher, maman.

— Tu ne peux pas monter avec cette lumière, le galetas est tout plein, et tu mettrais le feu quelque part, bien sûr.

— Je ferai bien attention, maman.

— Mais non ; le vent n'aurait qu'à souffler la mèche de ta chandelle dans les affaires qui sont là-haut, et tout brûlerait quand tu dormirais. Il faut absolument te passer de lumière.

— Mais je ne trouverai pas mon chemin, dit la petite fille, fort effrayée à l'idée d'aller se coucher dans les ténèbres.

— Je t'éclairerai pour cette fois, et bientôt tu sauras le chemin. Donne-moi la lumière.

Annette réprima les paroles qui se pressaient sur ses lèvres et grimpa lestement l'escalier de la mansarde. Sa mère la suivit avec la chandelle jusqu'à ce que Annette eût trouvé son lit; alors elle lui dit bonsoir et descendit.

Le petit contrevent de la fenêtre carrée était ouvert et laissait entrer quelques rayons de la lune, qui venaient se projeter sur la couchette de l'enfant. Annette devina que sa mère était venue dans la journée, car les nombreux objets entassés dans le galetas étaient mieux arrangés et laissaient entre eux plus d'espace. Du reste, on ne voyait pas grand'chose. En entrant, la petite s'était heurtée à une poutre; elle s'assit sur son lit un peu démontée. Sa crainte était la visite nocturne des rats, dont elle soupçonnait la présence là-haut, sans avoir osé demander à sa mère s'il y en avait en effet.

La frayeur lui fit oublier sa fatigue; l'oreille tendue, elle épiait le moindre bruit. Pendant quelques minutes, elle crut qu'elle ne pourrait pas s'endormir dans un pareil endroit toute seule; elle se proposait d'aller implorer sa mère pour obtenir la permission de dresser son lit dans un coin de la chambre commune. Mais quel remue-ménage cela causerait! Sa mère serait dérangée, son père irrité, le locataire mécontent. Non, la petite amie de la paix ne devait pas se permettre une semblable démarche. Et ces paroles lui revenaient à la mémoire :

Heureux ceux qui procurent la paix, car ils seront appelés enfants de Dieu ! C'était pour elle comme les accords de la plus douce musique ; il lui semblait qu'un ange était venu tout droit du ciel pour lui apporter cette consolante assurance. Les rats ne l'inquiétaient plus ; elle se leva, s'agenouilla sur le grand coffre voisin de la fenêtre, et regarda dehors. Tout était paisible, comme l'avait été la journée du dimanche, à l'exception de la soirée. Tout était paix et pureté, douce lumière et repos plein de sérénité. La forge voisine se taisait ; nul bruit de voix humaines, ni de travail ; les arbres projetaient sur les champs des ombres allongées. Les feuilles agitées d'un doux frémissement parlaient à Annette de son Maître céleste. Des larmes d'espoir et de joie s'amassaient dans les yeux de la petite fille, tandis qu'à son oreille ravie résonnaient toujours ces mots : *Heureux ceux qui procurent la paix, car ils seront appelés enfants de Dieu !* Et ces enfants de Dieu, le jour viendra où ils entreront dans la cité sainte, à travers les portes de perles et les murailles d'or ; là, ils n'auront plus besoin de lumière ni du soleil, car le Seigneur Dieu les éclairera.

Ainsi, Dieu peut me donner de la lumière,

pensait Annette, et même mieux que de la lumière. Dieu n'est pas seulement là dehors, dans cette belle campagne inondée du clair de lune; il est aussi dans ma pauvre petite mansarde; il prendra soin de moi aussi bien que des oiseaux, et plus encore, car je suis son enfant, et eux ne sont que ses jolies petites créatures.

Les craintes d'Annette s'étaient évanouies; elle fit sa prière du soir, se remit au Seigneur Jésus pour avoir soin d'elle, se déshabilla et s'endormit aussi paisiblement qu'un poussin sous l'aile de sa mère.

III

LE GRENIER D'ANNETTE

La mansarde de la petite fille devint bientôt
pour elle un séjour de prédilection. Jamais
elle n'entendait les rats; elle était tout à fait
chez elle; Barthélemy ne montait jamais là-
haut; le son même de la voix des hommes n'y
arrivait pas.

Une fois sortie de son petit asile, les occupations ne manquaient pas. Annette passait
sa matinée à l'école; madame Matthieu y
tenait absolument, qu'elle eût ou non besoin de
sa fille. Mais, depuis le moment où l'enfant
rentrait à la maison jusqu'à l'heure de son
coucher, elle n'avait pas un instant de repos.
C'était toujours du pain à pétrir, du bœuf et
du porc à faire bouillir, des pots et des marmites

à relaver. Au moment des repas, il fallait
souvent faire frire des beignets, sans préjudice
des autres préparatifs. Matthieu semblait résolu
à ce que la pension de Lambert passât toute
en frais de la table et fût mangée immédiatement. La difficulté était de continuer à marcher
de ce train-là, car Matthieu ne rapportait rien
de ce qu'il gagnait, et sa pauvre femme faisait
de tristes réflexions quand elle le voyait sortir. Il en vint à n'être presque jamais chez
lui le soir, et Barthélemy le suivait dans cette
voie.

Annette, voyant sa mère accablée de soucis
et de chagrins, se mettait à la brèche autant
qu'elle le pouvait. Elle travaillait au delà de
ses forces à cette besogne sans trêve qui con-
sistait à préparer les repas et à en faire dis-
paraître les apprêts. D'une voix caressante,
dès que son père était sorti, elle priait sa mère
de s'asseoir pour lire un chapitre du Nouveau
Testament.

— Cela te reposera parfaitement, disait-elle,
et je ferai le pain dès que tout sera prêt pour
le dîner. Laisse-moi faire, tu verras comme je
m'en tirerai bien.

Parfois Mme Matthieu ne se laissait pas persuader; d'autres fois, elle cédait, par une sorte

de découragement apathique, s'asseyait, ouvrait sa Bible et la regardait avec indifférence comme pour dire : Il n'y a aucun repos, aucune consolation pour moi, ni là, ni ailleurs.

— Laisse, enfant, disait-elle, un jour qu'Annette l'engageait à s'asseoir ; je n'ai de cœur à rien ; nous nous en allons à la dérive, et bientôt nous serons ruinés.

— Oh ! non, maman, je ne crois pas.

— Et moi, j'en suis sûre ; je vois venir la ruine de moment en moment. Tous les jours cela va un peu plus mal ; Barthélemy marche sur les traces de son père, et à eux deux ils me détruiront corps et âme.

— Non, maman, je ne le crois pas ; j'ai prié le Seigneur Jésus ; tu sais qu'il a promis d'exaucer les prières ; je sais que nous ne courons pas à notre perte.

— Non, pas toi, enfant, mais tu es la seule. Je voudrais être morte pour échapper à mon sort.

— Assieds-toi, maman ; lis un peu, et ne parle pas ainsi, oh ! je t'en prie. Nous avons encore une heure et plus avant le souper, et je vais le préparer. Toi, repose-toi ; je ferai les crêpes ; tu verras comme une petite lecture te fera du bien.

Moitié conviction, moitié désespoir, Mme Matthieu céda ; elle s'assit près de la fenêtre ouverte et prit son livre. Annette fit tout doucement la pâte, attisa le feu et mit le couvert. De temps en temps, elle jetait un regard sur le Nouveau Testament que sa mère tenait à la main, et sur le visage fatigué et abattu de la lectrice. L'enfant s'était bien gardée de dire combien elle avait mal au dos ; elle l'oublia presque, tant elle eut à faire. Un fort mal de tête la prit quand son ouvrage fut achevé. Mais tout était prêt : feu, table, gâteaux et le reste. Alors Annette se glissa derrière sa mère et regarda par-dessus son épaule, tout en s'y appuyant.

— Ce chapitre ne t'a-t-il pas fait du bien, maman ? murmura-t-elle.

— Non ; j'ai perdu toute espèce de sentiment.

Le livre était ouvert au 4e chapitre de l'Évangile selon saint Jean.

— Est-ce que cela ne te console pas de voir que Jésus a été fatigué ? continua l'enfant en posant la tête sur l'épaule de sa mère.

— Et pourquoi cela me consolerait-il ?

— Moi, j'aime à lire ces paroles ; elles me montrent que Jésus sait que moi aussi je suis quelquefois bien lasse.

— Dieu sait toutes choses, Annette.

— Oui, mère, mais Jésus a senti la fatigue. Il a pris sur lui nos infirmités. Oh! maman, n'aimes-tu pas le verset 10, et le 13, et le 14?

Mᵐᵉ Matthieu regarda sa fille :

— Je ne comprends pas bien tout cela ; je devrais le comprendre ; mais cela ne me dit pas grand'chose.

— Eh bien! maman, je comprends ; cela signifie que, si Jésus nous rend heureux, nous ne serons jamais malheureux. *Quiconque boit de l'eau que je lui donnerai n'aura jamais soif ;* tu vois, *n'aura jamais soif* : il aura toujours de quoi le satisfaire.

— Comment le sais-tu, Annette? dit la mère d'une voix étouffée.

— C'est que Jésus m'a donné à boire de cette eau vive.

— Il ne m'en a jamais donné à moi, ajouta Mᵐᵉ Matthieu du même ton.

— Mais il le fera, mère. Vois ce verset 10 ; oh! que je l'aime : *Si tu savais la grâce que Dieu te fait, et qui est celui qui te demande à boire, tu lui en aurais demandé toi-même, et il t'aurait donné de l'eau vive.* Vois-tu bien, il nous la donnera si nous la lui demandons!

4

— Mais, dis-moi, mon enfant, n'as-tu rien à souhaiter ? es-tu contente de ton sort ?

— Oui, maman, répondit tranquillement la petite, je suis heureuse; je le suis toujours, parce que partout Jésus est avec moi : là-haut, ici, quand je travaille, à l'école, à la fontaine ; et cela me rend très-heureuse.

— Et ne désires-tu rien que tu n'aies pas ?

— Oui, une chose; c'est que toi, papa et Barthélemy vous soyez heureux aussi. Je crois que cela viendra, car j'ai prié le Seigneur de m'accorder ce bienfait, et je crois qu'il le fera. Je désire aussi ce bonheur pour les autres. Quand je regarde quelqu'un, je pense souvent à ces paroles : « Si tu connaissais le don de Dieu, tu aurais demandé à boire toi-même, et il t'aurait donné de l'eau vive. »

Ici, M\ⁿᵉ Matthieu fut prise d'un si violent accès de pleurs qu'Annette fut effrayée. C'était comme la débâcle des glaces dans une rivière gelée depuis longtemps. Elle jeta son tablier sur sa tête et sanglota tout haut, jusqu'au moment où elle entendit le pas des hommes sur l'escalier. Alors, elle se précipita dans la chambre de Barthélemy et se calma peu à peu, car elle reparut au moment du souper, comme si de rien n'était.

Depuis lors, Annette vit que sa mère s'était adoucie ; quand bien même on la voyait soucieuse et fatiguée comme par le passé, elle n'avait plus ce regard dur et cet air morose qui lui avaient été habituels. Annette n'avait plus de peine à lui faire lire son Nouveau Testament, et sa plus grande jouissance, c'était de passer une heure, tranquille, seule avec sa petite fille, et de l'entendre chanter des cantiques.

Cependant la vie n'était facile ni pour la mère ni pour l'enfant. Le père de famille passait toujours plus de temps dehors et devenait de moins en moins agréable chez lui. Lambert et lui s'encourageaient à mal faire ; ils allaient ensemble au cabarët, flânant, pérorant à tort et à travers, et qui pis est, accompagnant leurs discours d'abondantes rasades. L'argent devenait de plus en plus rare dans le ménage, et Matthieu exigeait de bons repas pour lui et son ami, sans s'inquiéter de la dépense et sans fournir des subsides. D'abord, il avait donné à sa femme toute la pension de Lambert ; puis, il avait livré des sommes moins rondes, disant que c'était tout ce qu'il devait. Mme Matthieu devinait que le reste passait en eau-de-vie. Son mari exigea ensuite qu'on achetât à crédit, disant qu'il réglerait les comptes plus tard. Annette et sa mère faisaient durer le peu d'argent qu'elles touchaient aussi longtemps que possible ; elles n'en perdaient pas un centime et ne s'accordaient pas à elles-mêmes le strict nécessaire, pour éviter les colères terribles auxquelles se livrait Matthieu quand le diner n'était pas à son goût ou le souper trop peu abondant. Mme Matthieu et Annette prirent bientôt l'habitude de se nourrir de bouillie et de pain, tandis que des plats plus appétissants étaient dévorés par les hommes. Souvent, les heures de la nuit se passaient en raccommodages ennuyeux et fatigants, car on n'avait pas de quoi s'acheter une pauvre robe. Annette supportait tout cela avec une patience d'ange ; sa mère s'impatientait quelquefois.

— Ce n'est pas assez pour toute la semaine avec ton régime, dit-elle un samedi à son mari qui venait de lui remettre ce qu'il prétendait être la pension de Lambert.

— Tu t'arrangeras de manière à en avoir assez, répliqua-t-il rudement.

— Et quel est le moyen de faire durer une semaine ce qui suffit à peine pour trois jours ? Ce n'est pas la moitié seulement de ce que tu me donnais autrefois.

— Envoie prendre chez Perrin ce dont tu auras besoin, hurla-t-il ; ne te l'ai-je pas dit ? Et ne viens pas m'ennuyer de ton infernal tapage !

— Quand payeras-tu Perrin ?

— Va, je te payerai d'abord, cria-t-il en jurant.

Jamais il ne s'était emporté à ce point. Mme Matthieu fut un moment ébranlée ; mais elle était déterminée à ajouter un mot.

— Tu feras de moi ce que tu voudras, dit-elle d'un air résigné ; mais je croyais que tu t'apercevrais toi-même qu'Annette en fait trop. Elle pâlit et maigrit à vue d'œil.

— Bêtise ! dit Matthieu, mais d'un ton plus doux ; folle que tu es !

Annette entrait au même instant.

— Viens ici, Annette, quel air as-tu ? Voyons, ne te portes-tu pas aussi bien que d'habitude ? Ta mère trouve que tu dépéris !

L'enfant sourit et répondit avec douceur, tandis qu'une légère rougeur colorait ses traits. Son père fut entièrement rassuré sur son compte. Il la prit dans ses bras et l'embrassa, car sa gentille fillette, si fidèle à ses devoirs, avait une place dans son affection, et même dans son respect, bien qu'il le lui témoignât rarement.

4.

— Allons, dit-il, ne t'avise pas de devenir maigre et faible sans m'avertir, car je n'aime pas cela. Et quand tu manqueras de quoi que ce soit, n'oublie pas de me le demander.

En prononçant ces mots, Matthieu se leva, et Annette n'eut pas l'occasion de lui dire de quoi elle avait besoin. Toutefois ce petit mot et ce baiser paternel la consolèrent et furent pour elle une grande joie ; rien de semblable ne lui fut accordé de longtemps.

Il est vrai qu'Annette ne travaillait pas en vue des éloges et des baisers. Elle était généralement sevrée des uns et des autres. Rude, impérieux, impatient, prompt à blâmer, M. Matthieu était assez avare de témoignages de satisfaction. Parfois, du fond de l'âme, Mme Matthieu prononçait sur sa fille une parole de bénédiction, et le cœur de la petite en palpitait de bonheur, mais elle avait eu vue *une meilleure récompense*; en attendant, elle continuait à travailler et à prier.

Ainsi s'écoulaient les semaines, et de petits pieds, agiles et patients, montaient et descendaient les escaliers, avec des seaux pleins ou vides ; de petites mains diligentes pétrissaient du pain et des gâteaux et mettaient de l'ordre dans la maison. C'était toujours Annette qui allait chercher de la farine chez Perrin, ou une miche de pain chez la boulangère, quand on était au bout du pain de ménage. Avec des matinées passées à l'école, cela faisait des journées bien laborieuses pour un enfant. Ses pieds étaient bien fatigués et ses bras endoloris quand elle allait se coucher. D'ailleurs, elle et sa mère se nourrissaient de bouillie la plupart du temps. Tout ce qu'elles osaient acheter en fait de viande, de légumes, de café ou de beurre était aussitôt dévoré par les trois hommes, qui mangeaient les premiers. Annette perdit l'appétit ; quand l'été fut passé, il commença à faire froid dans la mansarde. Tant que la brise de juillet et d'août entra seule pendant la nuit, par les lucarnes du galetas, c'était fort bien, Annette croyait habiter la chambre la plus agréable de la maison. Mais septembre arriva avec ses soirées fraîches ; octobre apporta encore, il est vrai, des jours de soleil ; cependant les nuits étaient claires et glacées, et l'enfant se couvrait de son mieux dans son lit, regardant toujours la lune et les étoiles à travers l'ouverture carrée pratiquée dans le volet de la croisée sans vitres. Quand même elle avait peine à se réchauffer, ses chères étoiles lui semblaient toujours si belles là-haut, dans ce beau ciel, où

elle aimait tant à plonger son regard enfantin !
Puis vint novembre ; le vent, non content
d'arriver par les fenêtres, entrait par toutes
les fentes de la toiture et les interstices des
solives. Annette ne voulait pas fermer son
volet ; c'eût été exclure les étoiles sans chasser
le vent. Pour ne pas geler complétement pendant qu'elle faisait sa prière, elle s'enveloppait
de sa couverture pour se mettre à genoux. Puis
elle oubliait le froid et se sentait tout près de
Dieu, parce que son petit grenier était tout près
du ciel. Toutefois ce genre de vie ne lui donnait
ni forces ni couleurs. Elle ne demandait jamais
rien à son père, mais sa mère pensait souvent
en soupirant que sa petite Annette aurait grand
besoin d'une robe, d'un jupon ou d'une couverture.

IV

LE MANTEAU BRUN

Les jours de novembre tiraient à leur fin;
décembre était proche. Un jour que Mme Matthieu avait besoin d'Annette, elle alla jusqu'au
bas de l'escalier pour l'appeler, et s'arrêta en
l'entendant chanter. C'était une voix argentine,
comme celle d'un petit oiseau; on ne distinguait
pas les paroles, si ce n'est, après chaque strophe,
un refrain simple et court :

> Gloire à Dieu dans les cieux
>   Et paix sur la terre !
> De tous les hommes en tous lieux
>   Va finir la misère.

' Mme Matthieu n'y put tenir, et, s'asseyant sur
la dernière marche de l'escalier, elle fondit en
larmes, amères conme son chagrin. Mais l'ou-

vrage voulait être fait, et quand le chant eut
cessé, la pauvre mère s'essuya les yeux du coin
de son tablier, et cria : — Annette!

— Oui, maman, je viens.

— Apporte ton petit caraco pour aller à
l'école.

L'enfant descendit, l'air calme et doux, mais
bien pâle.

— Est-ce pour te réchauffer que tu chantes :
Gloire! là-haut?

— Vraiment, mère, cela me fait oublier le
froid; il me semblait voir, dans mon grenier,
un reflet de la gloire de Dieu; et ce n'est pas la
première fois.

— Que Dieu ait pitié de nous, dit Mme Matthieu, éclatant de nouveau; je crois que tu te
disposes à nous quitter pour t'en aller tout droit
dans le ciel.

— Que dis-tu, maman? fit la petite d'un air
troublé. Tu sais que je ne mourrai pas avant
que Jésus m'appelle, et je ne crois pas qu'il
veuille me prendre tout de suite. Que me vou-
lais-tu?

— Rien; tu n'en aurais pas la force, j'irai
moi-même.

— Mais si, j'en ai très-bien la force; dis-moi
ce que c'est, maman.

— Il faut qu'on aille chez M. Perrin; mais pas toi; tu ne manges rien; on ne peut pas se soutenir avec de la bouillie?

— J'aime bien la bouillie, mais je n'avais pas faim à midi. Que faut-il aller chercher chez l'épicier ?

Annette mit son caraco et sortit, son panier au bras. Le soleil se couchait; un vent âpre balayait les rues du village et soulevait le petit manteau brun dans lequel l'enfant s'efforçait de s'envelopper. Bleuie par le froid, frissonnant sous la bise aussi bien que sans manteau, elle songeait à tout autre chose. Elle savait que sa mère n'avait eu qu'un bien maigre dîner; elle pensait à la pâleur et à l'air défait de cette pauvre mère. Alors elle aurait souhaité de ravoir le dernier de ses dix sous, celui qu'elle avait mis dans la boîte des missions, le dimanche précédent. Dans l'origine, elle comptait garder sa pièce de cinquante centimes pour acheter quelque chose à sa mère. Mais celle-ci n'ayant eu besoin de rien immédiatement, les sous étaient allés tomber un à un dans le tronc établi à la porte de l'église en faveur des pauvres païens. Annette se demandait si elle avait bien fait; avec un ou deux sous elle aurait acheté un hareng fumé; avec un peu de pain et de bouillon, cela aurait fait un bon souper pour sa mère. Puis, elle pensait aux enfants et aux grandes personnes qui n'ont pas de Bible, auxquels personne n'enseigne le chemin de la cité aux portes d'or et de perles; et alors, elle n'aurait voulu pour rien au monde reprendre aucun des sous consacrés à ces pauvres gens.

Elle serra son manteau autour d'elle et marcha bien vite le long des ruelles obscures; la lumière de la cité céleste semblait luire dans son cœur et réchauffer son âme en dépit de la bise glacée. La boutique de Perrin était devenue pour Annette un endroit fort désagréable. A cette heure-là, le magasin était plein de monde.

— Que voulez-vous? dit M. Perrin, d'un ton bref, quand vint le tour d'Annette : sept livres de farine, une livre de beurre, hein? et deux livres de sucre? Bien; dites à votre père qu'il faut régler mon compte; le livre est plein, vous voyez, et je n'aime pas commencer de nouvelles factures avant que les anciennes soient acquittées.

A ces mots, l'épicier se tourna vers une autre pratique, et Annette comprit qu'elle avait reçu sa réponse. Elle fut bien mortifiée au premier moment. Que faire pour le souper? et quel orage quand son père rentrerait et ne trouverait sur la table que du pain et de la soupe! Elle s'en re-

tournait lentement, sentant le froid, au sortir de
ce magasin bien chaud, quand une main se
posa sur son épaule, au tournant de la route.

— Annette, dit la voix bien connue de la petite
boulangère, qu'avez-vous? vous avez l'air malade.

Annette répondit avec reconnaissance qu'elle
se portait très-bien.

— Vous n'en avez pas l'air, reprit Mme Auguste; on dirait que le vent va vous emporter.
Venez! je veux vous voir à la lumière.

— Je n'ai pas le temps; il faut que je retourne auprès de maman; merci, madame.

— Oui, je sais bien; vous vous en retournerez
d'autant plus vite après être entrée chez moi.
Voilà trois ou quatre semaines que vous n'êtes
pas venue me voir.

Incapable de résister, Annette se laissa con-
duire; la petite dame la fit asseoir dans sa boutique et alluma de la lumière. Qu'il faisait bon
chez Mme Auguste, et que ces pains tout chauds
et ces galettes sortant du four avaient une bonne
odeur !

— Ces derniers temps, dit Annette, nous
avons fait notre pain nous-mêmes.

— Et le trouviez-vous bon?

— Oh! dit l'enfant en souriant, il n'est pas
aussi bon que le vôtre !

5

— Si vous vouliez venir demeurer chez moi
l'été prochain, je vous enseignerais à faire
bien des choses, et vous n'auriez plus ce teint
bleuâtre. Avez-vous soupé ?

— Non, madame ; je vais vite à la maison
préparer le souper ; il faut que je m'en aille.

— Entrez ici, dit la boulangère ; vous êtes
ma prisonnière. Je suis seule, et je voudrais
avoir quelqu'un pour me tenir compagnie ; ôtez
votre manteau, et je vous donnerai quelque
chose qui vous préservera des atteintes du vent.
Obéissez-moi.

Annette était trop faible et trop gelée pour
faire la moindre difficulté ; elle avait encore un
peu de temps devant elle, et elle laissa tomber
son manteau.

L'arrière-boutique, où Mme Auguste l'avait
conduite, n'était guère qu'une alcôve, mais c'é-
tait aussi confortable que petit. Sur un petit
poêle bien luisant fumaient une bouillotte et une
marmite. Le lit était garni de rideaux rouges ;
une petite glace et quelques gravures ornaient
les murs. La table à ouvrage de Mme Auguste
était couverte d'un tapis pareil aux rideaux du
lit, et sur la cheminée on voyait une pendule
et différents petits ornements.

Mme Auguste avait pris dans un placard des

assiettes et des bols qu'elle posa sur la table.
Elle puisa dans la marmite et offrit l'un des bols
à l'enfant avec un bon petit pain mollet.

— Mangez, dit-elle, je ne vous laisse pas
partir que vous n'ayez pris ce potage pour
vous réchauffer. On est gelé rien qu'à vous voir.

Et la bonne petite personne souriait d'aise en
voyant comme Annette lui obéissäit bien.

— Est-ce bon? dit-elle, quand le bol fut vide.

— Excellent; je ne croyais pas avoir tant
d'appétit.

— A présent, vous ne sentirez pas tant la
bise, et vous courrez bien plus vite chez vous.
Aimez-vous mon gruau?

— Qu'est-ce que c'est, madame?

— C'est ce que vous venez de prendre. Et la
boulangère rit en faisant répéter plusieurs fois
à l'enfant ce mot inconnu pour elle. Croyez-
vous que votre maman trouveräit cela bon?

— Je crois bien; mais je ne sais pas comment
cela se fait.

— Vous viendrez ici; je vous montrerai à le
faire. Mais vous allez en porter à votre mère,
et vous lui demanderez si elle veut me faire
l'honneur d'accepter un potage de ma façon.
Cela ne coûte rien; en hiver, je ne fais pas grand
fricot et ma cuisine est fort économique.

Tout en parlant, Mme Augnste avait rempli de gruau une boîte à lait.

—Il faut, dit-elle en y ajoutant deux petits pains, que cela se mange avec du pain de chez moi.

Annette avait l'air réconforté, elle remercia la boulangère avec une bien sincère gratitude.

— Vous êtes une bonne petite fille, dit la dame. Comment vous y prenez-vous pour avoir toujours l'air heureux? Il y a toujours ici un petit rayon de soleil, et un autre là; et elle posait le doigt sur le front et les lèvres de l'enfant.

— C'est que je suis contente.

— Toujours?

—Oui, madame, toujours.

— Et comment faites-vous? Pour moi, le froid me rend maussade, et je ne suis pas toujours contente, même par le beau temps.

Un rayon de joie illumina les yeux d'Annette.

— C'est parce que j'aime le Seigneur Jésus, répondit-elle; c'est lui qui me rend heureuse.

— Vous! fit la boulangère; voyez cette enfant! Que dites-vous là? Je crois que je n'ai pas bien entendu.

— Pardon, madame, je suis heureuse parce que j'aime le Seigneur Jésus; je sais qu'il m'aime et qu'un jour j'irai auprès de lui.

— Pas tout de suite, j'espère bien ; je voudrais être aussi heureuse que vous ; adieu, Annette.

La petite s'achemina vers la maison, pleine de reconnaissance envers Dieu et bien contente à l'idée du bon souper qu'elle apportait à sa mère. Elles ne se doutèrent ni l'une ni l'autre que ce gruau avait été mis dans la marmite de la bonne boulangère tout exprès pour elles.

— Il me semble, dit Mme Matthieu en savourant son potage, que c'est de la bouillie à je ne sais trop quoi ; y a-t-il du lait dedans?

— Je ne sais pas, dit la petite en riant ; Mme Auguste ne me l'a pas dit. Elle appelle cela du... du... je ne me rappelle pas.

— Il y a longtemps que je n'avais rien pris de si bon. Tiens, enlève vite ce bol ; voilà ton père.

Matthieu fut, ce soir-là, d'une humeur terrible, comme on pouvait s'y attendre. La soirée se passa bien tristement pour la mère et la fille, et les soirées suivantes ne furent pas plus gaies. Mme Matthieu espérait que Lambert aurait l'heureuse idée de chercher à se loger ailleurs, et que Matthieu, ne fût-ce que par amour-propre, payerait la note de Perrin. Mais il n'en fut rien. Lambert se trouvait trop bien soigné pour par-

tir, et Matthieu dépensait trop d'argent en boisson pour avoir de quoi acquitter les notes de
ses fournisseurs. Mais, comme on ne pouvait
prendre à crédit, la famille Matthieu dut vivre
de ce qu'elle pouvait payer comptant. Rarement
les repas étaient suffisants, et, craignant de
nouvelles tempêtes, la mère et la fille se pri-
vaient du nécessaire. Annette devenait de jour
en jour plus délicate, plus maigre et plus faible.
Son état de santé préoccupait douloureusement
sa mère; son père n'y faisait pas attention; à la
vérité, il n'était guère chez lui qu'aux repas.

V

LA COUVERTURE NEUVE

Un soir qu'Annette était allée mettre un peu d'ordre dans la chambre de Barthélemy, elle trouva, en revenant, sa mère bien abattue. Annette se mit à apprendre sa leçon pour l'école du dimanche ; sa mère s'assit et l'observa longtemps en silence, l'œil sombre, l'air indifférent, immobile et distraite. L'enfant, au contraire, regardait sa Bible d'un air attentif. Mme Matthieu ne la dérangea pas ; mais quand Annette posa son livre et regarda l'heure, sa mère ne put garder plus longtemps pour elle son chagrin.

— C'est un homme ruiné, s'écria-t-elle avec désespoir, c'est un homme perdu ! Il boit toujours plus ; c'en est fait de lui et de nous !

— Non, maman, dit gentiment Annette, je ne crois pas ; nous verrons des jours meilleurs. Dieu n'abandonne jamais ceux qui se confient en lui ; il a promis d'exaucer les prières ; je l'ai prié, et je suis sûre qu'il viendra à notre secours.

Mᵐᵉ Matthieu pleurait amèrement.

— Ne pleure pas, mère, prends courage. Crois seulement. Ne te souviens-tu pas que le Seigneur Jésus l'a dit ? Crois en lui, maman ; moi, je crois en lui.

Annette se leva pour poser ses livres, et, comme pour prouver la sincérité de sa foi d'enfant, ses lèvres murmurèrent un cantique ; jamais elle n'avait chanté d'une voix plus claire et plus douce l'air si bien approprié à ces paroles de paix. On sentait, en l'écoutant, que dans son âme confiante ne s'élevait pas le moindre doute. Mᵐᵉ Matthieu, qui sanglotait, se calma soudain, et quand l'enfant eut achevé la dernière strophe et chanté :

> Le repos après la lutte,
> Le repos pour moi !

elle se leva, jeta son tablier sur sa figure et s'agenouilla près de son lit, la tête dans les mains. Annette l'ayant aperçue, se détourna discrètement et monta à son petit oratoire, d'un pied aussi léger que si elle avait eu des ailes d'ange, car elle voyait que sa prière commençait à être exaucée. Elle avait vu sa chère maman à genoux, non pas dans l'amertume du désespoir, mais dans l'humilité d'un cœur vraiment brisé. Annette se coucha et se couvrit, non pas pour dormir, mais parce qu'il faisait décidément trop froid pour rester là-haut sans être au lit ; elle resta longtemps éveillée, « chantant de son cœur au Seigneur ».

On était à la fin de décembre, les gelées étaient très-fortes ; le vent d'hiver balayait le grenier et y apportait des flocons de neige ; cette neige s'accumulait à certains endroits, et, loin de fondre, ne faisait que durcir. Ce soir-là, le vent ne soufflait pas ; Annette avait laissé son contrevent ouvert, pour mieux voir les étoiles. Il lui semblait que ces astres muets la regardaient avec bienveillance ; c'étaient pour elle des témoins silencieux de la beauté et de la pureté du ciel ; en les voyant, elle pensait à cet œil paternel qui ne se ferme jamais, à cette main puissante qui a créé et soutient toutes choses. Qu'elles étaient brillantes, ce soir-là, ces belles étoiles ! Il est vrai que la pauvre petite grelottait sous sa mince couverture ; et pourtant, elle songeait avec ravis-

5.

sement à la « sainte cité ». Ils n'auront plus faim, se disait-elle, et ils n'auront plus soif... Dieu et l'Agneau y auront leur trône, et ses serviteurs le serviront. Ses serviteurs le serviront ! Maman y sera, et papa aussi, et Barthélemy, et moi ! oh ! que je serai heureuse ! Je suis déjà heureuse à présent ; béni soit le Seigneur qui n'a pas rejeté ma prière ni éloigné de moi sa miséricorde ! Elle se rappela alors ce beau passage, qu'elle se répéta au moins vingt fois de suite, en le savourant toujours de nouveau : *Le Seigneur rachète l'âme de ses serviteurs ; aucun de ceux qui se confient en lui ne sera confus.*

Mais veiller ainsi sous le souffle des bises de décembre ne fortifiait pas le corps de la frêle enfant. Le lendemain de la soirée que nous avons décrite, elle était si pâle que son père lui-même en fut frappé. Il étendit le bras, l'attira près de lui comme elle passait entre l'armoire et la table, et la regarda sans rien dire.

— Sais-tu que c'est après-demain Noël ? fit-il au bout d'un moment.

— Oui, je le sais ; c'est le jour de la naissance de notre Seigneur Jésus-Christ.

— Pour ce qui est de cela, je n'en sais rien ;

ce que je veux dire, c'est que, la semaine d'après, c'est le jour de l'an. Que voudrais-tu que je te donnasse ?

Annette hésita ; puis ses yeux s'illuminèrent.

— Me l'accorderas-tu, papa, si je te dis ce que c'est ?

— Je ne sais pas, peut-être, si ce n'est pas extravagant.

— Cela ne coûtera rien, dit l'enfant avec ardeur ; dis, papa, m'accorderas-tu ce que je vais te demander ?

— Je pense que oui ; qu'est-ce donc ?

— Tu ne seras pas fâché ?

— Moi ! oh non !

Et il attira la pauvre petite créature plus près de lui ; jamais elle ne lui avait semblé si légère et si fluette.

— Papa, je vais te demander une grande chose: veux-tu venir à l'église avec moi, le jour de l'an ?

— A l'église ! dit Matthieu en fronçant le sourcil.

Mais il se souvint de sa promesse.

— Et quel plaisir cela peut-il te faire ?

— Un très-grand plaisir, papa, un très-grand plaisir.

— Pourquoi faire veux-tu que j'aille à l'église?

dit-il encore, ne sachant trop s'il devait rire ou se fâcher.

— Pour remercier Dieu, papa, de ce que nous pouvons fêter Noël, de ce que Jésus est venu, et de ce qu'il a fait toutes choses nouvelles.

— Quoi, quoi ? De quoi te mêles-tu, petite ?

— C'est que, continua-t-elle, saisissant en tremblant cette rare occasion, c'est que Jésus nous a aimés ; il est venu mourir pour nous, afin que nous eussions tous, après cette vie, une vie de paix et de gloire. Je l'aurai, père, et je voudrais que tu l'eusses aussi ; oh ! papa, penses-y ! et elle se mit à pleurer.

Matthieu la tenait toujours dans ses bras, son visage avait plusieurs fois changé d'expression. A ce moment, sa fille leva la tête qu'elle avait laissé tomber sur l'épaule de son père et l'embrassa.

— M'accorderas-tu ma demande ? dit-elle.

— Oui, va-t-en. J'aurais voulu trouver un moyen de te refuser pourtant. Mais ne désires-tu rien d'autre ?

— Non, rien d'autre, répondit-elle, le visage rayonnant.

Pendant le souper, Matthieu regarda sa fille d'un air pensif.

— Ne pourrais-tu, dit-il ensuite à sa femme

fortifier un peu cette enfant ? Elle en fait trop.

— Je tâche de l'en empêcher autant que je le puis, mais elle est toujours occupée. Je crains que sa chambre ne soit trop froide pour la nuit ; il n'y fait pas doux, là-haut.

— Alors, donne-lui encore une couverture. Je croyais que tu veillais à cela. Se plaint-elle du froid ?

— Non, jamais, excepté quand je la vois toute bleue, et que je lui demande si elle ne gèle pas dans sa mansarde.

— Et que répond-elle ?

— Elle dit quelquefois qu'elle n'a pas eu très-chaud.

— Bon ! reprit Matthieu avec violence, qu'on lui donne quelque chose pour se couvrir, et n'en parlons plus. Rester les bras croisés et laisser son enfant avoir froid quand une couverture arrangerait tout ! Et il termina par un juron à l'adresse de sa femme.

Celle-ci n'osait pas lui dire qu'Annette avait besoin d'une nourriture substantielle ; elle savait quelle réponse elle obtiendrait, et craignait qu'un mot de plus sur la chambre d'Annette ne fût pris pour une allusion désagréable à la présence de Lambert dans la maison ; aussi garda-t-elle prudemment le silence.

Annette eut un plaisir dans le courant de la semaine. Son père, (était-ce pour tranquilliser sa conscience ?) lui apporta un gros paquet bien ficelé, en lui disant : — Voilà tes étrennes.

— Pour moi ? s'écria-t-elle, tandis qu'une faible rougeur lui montait aux joues.

— Oui, pour toi : ouvre et regarde.

L'enfant obéit, et du paquet sortit une bonne couverture, bien épaisse, bien chaude, toute neuve. Matthieu admirait la physionomie douce et animée d'Annette.

— Mais est-ce bien pour moi ? dit-elle encore.

— Eh ! sans doute ; va voir si cela va sur ton lit.

Annette remercia cordialement son père et monta bien vite avec son trésor.

— Que cette couverture est bonne ! pensait-elle. Je n'aurai plus froid en me mettant à genoux par terre pour faire ma prière, je m'envelopperai là dedans.

En effet, pour un moment, c'était bon ; mais, à la longue, la plus épaisse des couvertures ne suffisait pas à garantir la petite habitante du galetas contre les atteintes d'un froid perçant.

Matthieu pensait-il que le don de la couverture lui tiendrait lieu de l'accomplissement de sa promesse ? Annette en eut l'idée ; mais, en personne avisée, elle se garda de rien dire jusqu'au dimanche matin, 1er janvier. Au moment de partir pour l'école du dimanche, elle entoura de ses bras le cou de son père et lui dit :

— Je serai de retour à dix heures et demie ; seras-tu prêt, papa ?

— Prêt à quoi ?

— A me donner mes étrennes. Tu sais que tu m'as promis de venir au culte avec moi.

— Vraiment ! la couverture ne te suffit-elle pas comme étrenne, et ne vas-tu-pas me tenir quitte du reste ?

— Non certainement, papa. Je viendrai te prendre à dix heures et demie ; s'il te plaît, n'oublie pas.

Et la petite fille partit, bien contente et bien reconnaissante, car son père lui avait répondu avec bonté. Qu'elle était heureuse de la coïncidence qui faisait tomber le 1er janvier sur un dimanche !

Matthieu tint parole. A l'heure dite, il était prêt. Ce fut un grand jour pour Annette que celui où son père et sa mère l'accompagnèrent à l'église. Sérieuse et recueillie, elle priait en marchant ; arrivée au temple, elle absorbait avec plus d'avidité encore qu'à l'ordinaire les prières, la lecture, les chants et le sermon ; on eût dit que chaque parole faisait vibrer une des cordes de son cœur. Elle se demandait si son père comprendrait et sentirait la beauté du culte, si son cœur en serait attendri et son âme éclairée. Elle se doutait peu que la prédication la plus éloquente pour lui, ce jour-là, était l'expression du visage de sa fillette. A peine si elle osa une seule fois se tourner de son côté. Quant à lui, il contemplait cette figure enfantine, un peu plus colorée que de coutume, cette bouche sérieuse, ce regard ardent et pro-fond.

Il rentra tranquillement chez lui et fut plus silencieux qu'à l'ordinaire. Il n'alla pas au service de l'après-midi ; mais, le soir, tandis que sa femme allait et venait, préparant le souper, il profita d'un moment où elle était hors de la chambre pour faire asseoir Annette à son côté :

— Pourquoi pleurais-tu ce matin au culte ? dit-il tout bas.

— Pourquoi je pleurais ? dit-elle avec étonnement. Est-ce que je pleurais ?

— Ce n'étaient pas des gouttes de pluie qui de

tes joues tombaient sur tes mains et de tes mains sur le plancher, il faisait beau temps... Pourquoi pleurais-tu, hein ?

Une vive coloration se répandit sur le visage d'Annette ; elle fut quelque temps sans pouvoir parler. Puis, elle pâlit, et dit tout bas, les lèvres tremblantes : — Je me le rappelle à présent. Je pensais que » tout est prêt », et je ne pouvais m'empêcher de désirer que tu fusses prêt aussi.

— Prêt à quoi ? dit-il avec un peu d'humeur. Tout est prêt pour quoi, pour qui ?

— Pour toi, père ; Jésus est prêt à t'aimer ; il t'appelle, et les anges sont prêts à se réjouir, et moi...

— Continue, et toi ?

Elle leva les yeux sur lui.

— Et moi, je voudrais me réjouir avec eux !

Quand elle eut dit cela, elle donna libre cours aux larmes qu'elle s'efforçait de retenir.

Matthieu n'était pas en colère ; toutefois, il repoussa l'enfant un peu rudement, et un bref : « Ah ! bah ! » fut toute la réponse qu'elle obtint ; elle comprit que le moment de se réjouir n'était pas venu encore.

En réalité, le père n'avait pu supporter plus

longtemps ce regard plein de tendresse et de pureté, ni cette voix tremblante d'espérance : ces choses étaient entrées dans son cœur pour ne plus en sortir ; il put les oublier, mais elles se retrouvèrent plus tard.

Quant à l'enfant, elle vaqua à son travail ordinair du soir, aida sa mère comme elle faisai tous les jours. Ses larmes étaient prêtes à déborder, mais elle sut les retenir. Matthieu entama une conversation avec Lambert, et, en apparence, les choses en restèrent là où elles en étaient avant le jour mémorable où le père d'Annette l'avait accompagnée au culte.

VI

LA BATISSE

Il faisait de plus en plus froid dans le grenier d'Annette; ou bien était-ce que, devenant plus maigre, elle était plus sensible à la rigueur de la température?

La neige avait étendu sur le toit un pan de son grand manteau blanc et bouché quelques-uns des vides laissés entre les solives; cela améliora d'abord un peu la situation; mais le vent qui venait de la campagne couverte de neige parvint néanmoins à entrer.

La journée de la petite fille était si remplie qu'elle n'avait pas le temps de se livrer à ses réflexions; mais, une fois à sa table dans sa froide chambrette, le soir, elle pensait tristement à la tournure que prenaient les choses.

Son père était constamment absent, et l'on savait trop bien où il passait ses soirées. Ce n'était pas encore un ivrogne dans toute la force du terme, mais peu s'en fallait : s'il continuait de la sorte, ce n'était plus qu'une question de temps. Lambert lui donnait l'exemple, et déjà Barthélemy commençait à se joindre à eux. Matthieu semblait ne plus penser qu'à lui-même; il paraissait n'avoir nul souci de sa femme et de sa fille. C'était à grand'peine qu'elles obtenaient de lui assez d'argent pour faire face aux nécessités journalières; et, pour faire durer plus longtemps le peu qu'elles recevaient, elles en étaient littéralement réduites à avoir faim. Que de fois Annette monta se coucher l'estomac vide, parce qu'elle n'avait pas le cœur de toucher aux grossiers aliments que les hommes leur laissaient à sa mère et à elle. La mère et la fille prétendaient parfois n'avoir point d'appétit, afin de se laisser l'une à l'autre une plus grande portion de nourriture.

Mme Matthieu était devenue patiente et paisible; elle n'était plus, comme par le passé, aigrie et désespérée. Annette en était si heureuse qu'elle pensait à rendre grâces plutôt qu'à se plaindre. Cependant, il lui était bien pénible de voir sa chère maman se fatiguer tous les jours sans que personne songeât à l'aider, et la petite elle-même sentait souvent ses forces la trahir; ce régime était pour elle le contraire de ce qu'il aurait fallu. Pourtant, elle contemplait toujours les étoiles avec le même plaisir et pensait, en les regardant, aux promesses du Seigneur, à la sainte cité, jusqu'au moment où elle posait sa tête sur son oreiller et s'endormait comme si elle eût été l'enfant le plus riche de la contrée. Ce qui faisait sa richesse, c'étaient des paroles comme celle-ci, qu'elle se répétait souvent à elle-même : *Aucun de ceux qui s'attendent à moi ne sera confus.*

Elle n'eut qu'une seule bonne parole de la part de son père, pendant tout le temps qui s'écoula du jour de l'an au printemps.

Un matin, elle se rendit dans la chambre de Barthélemy et le pria de lui rendre le service d'aller chercher un seau d'eau à la fontaine. Barthélemy ne s'en souciait pas.

— Et pourquoi maman n'y va-t-elle pas, dit-il, si tu ne peux pas y aller?

— Maman est occupée; elle n'a pas une minute à elle; c'est toujours moi qui vais à la fontaine.

— Eh bien! pourquoi n'y vas-tu pas comme tous les jours? Tu y es accoutumée; pour moi, je n'aime pas à sortir si matin, ajouta-t-il en s'étendant dans son lit.

— J'y serais allée et ne t'aurais pas dérangé si je n'avais pas été si fatiguée ; mais ce seau est si lourd que je puis à peine le porter. Je suis obligée de m'arrêter plusieurs fois pour me reposer entre la fontaine et la maison.

— Bah ! si tu t'arrêtes pour te reposer, cela ne te fera pas grand mal. Moi, je veux me reposer aussi.

La petite allait s'éloigner, renonçant à ébranler son frère, quand elle rencontra son père qui avait tout entendu ; il était rouge de colère.

— Tu vas prendre le seau, dit-il à son fils, et aller chercher de l'eau. Ecoute bien : aie soin de ne jamais laisser ta sœur en apporter un seul seau quand tu y seras, ou je te mets à la porte. Vaurien de fainéant, c'est que je ne badine pas, moi ! Tu ne mérites pas le pain que tu manges, toi qui laisses ta petite sœur travailler pour toi, tandis que tu es fort comme un Turc !

Barthélemy grommela pour toute réponse quelques paroles insolentes. Son père, en rage, s'avança vers lui, le poing levé. Annette s'élança entre eux, au risque de recevoir le coup destiné à son frère.

— Je t'en prie, papa, dit-elle, ne lui fais pas de mal et ne te fâche pas ; il n'y pensait pas ; il ne...

— Pourquoi n'y allait-il pas, ce grand paresseux de mauvais sujet? Une bonne correction ne lui fera pas de mal.

— Je t'en prie, ne le punis pas ; il ne savait pas pourquoi je lui demandais d'aller à la fontaine.

— Et pourquoi donc?

— C'est que cela me fait mal au dos de porter le seau.

— Est-ce la première fois que tu le lui demandes?

— N'y fais pas attention, s'il te plaît, père, dit Annette doucement. Ne t'inquiète pas de moi, et ne sois pas fâché contre Barthélemy.

— Qu'est-ce qui s'inquiète de toi, petite? Ce n'est pas ta mère, toujours, sinon elle aurait mis ordre à cela plus tôt.

— Maman ne savait pas que j'avais mal au dos. Tu sais, papa, combien elle a à faire ; elle se dépêche de faire le déjeuner pour qu'il soit prêt à temps. Elle ne sait pas que je ne suis pas assez forte pour porter le seau. Je t'en prie, ne lui en parle pas ; elle s'en tourmenterait inutilement ; j'aimerais tant qu'on ne lui en dit rien!

— Toi, tu penses aux autres, dit M. Matthieu en s'éloignant ; tu es un enfant de paix.

Annette sentit le rouge monter à ses joues pâlies ; elle pressa sa main sur son côté : Serait-il vrai, pensait-elle, suis-je vraiment de ceux qui apportent la paix ? O Seigneur Jésus, mon Sauveur, mon Rédempteur, envoie ta paix dans cette maison !

Sur ces entrefaites, Barthélemy, qui était allé chercher de l'eau, rentra.

— Quel dégoûtant ouvrage ! fit-il à demi-voix, car son père était dans la chambre voisine. Peste soit du chemin ! c'est glissant comme tout. Inutile d'avoir des jambes quand on va là, on ne peut pas se tenir. Je suis tout roide de froid.

— Oui, dit Annette, je sais que le sentier est très-glissant.

— Et puis, arrivé là, il faut se mettre les pieds dans l'eau ; c'est plein de neige et de glace ; oh ! le vilain métier !

— Je le sais bien, reprit Annette, je suis fâchée que tu aies eu cet ennui.

— Alors, pourquoi m'y as-tu fait aller ? ajouta-t-il avec colère. Tu as eu ta volonté cette fois, mais je te le revaudrai.

— Barthélemy, ajouta-t-elle, rends-moi ce

service jusqu'à ce que j'aie repris mes forces, et ne te fâche pas ; dès que j'en serai capable, je retournerai à la fontaine. Mais tu ne sais pas comme tous les membres me font mal quand j'y vais.

— Bagatelle ! fit-il.

Et depuis lors, bien qu'il apportât de l'eau tous les matins, Annette vit bien que son frère lui gardait rancune.

L'hiver s'écoula lentement ; le printemps commença par amener de temps en temps une journée plus douce.

Quand le soleil brillait, que les oiseaux chantaient et que l'air était moins froid, Annette allait à l'école d'un pas moins rapide ; elle regardait en passant les rouges-gorges et les bergeronnettes qui fêtaient de la voix et des ailes le retour de la saison nouvelle. A la maison aussi, elle se sentait soulagée d'une partie de ses peines. Le grenier se transformait d'une façon merveilleuse ; on pouvait s'asseoir près de la fenêtre, sur le grand coffre, et regarder la campagne ou faire sa prière sans être transi de froid. Les arbres bourgeonnaient, l'herbe commençait à verdir sur les collines, la lumière encore vaporeuse reposait le corps et l'esprit. Annette éprouvait, dans ces journées de prin-

6

temps, un sentiment nouveau de la bonté de Dieu; elle se souvenait de ses promesses et lui en rendait grâces. Pourtant, les choses n'allaient pas mieux dans le ménage.

Annette et sa mère étaient seules, un soir, comme cela arrivait presque toujours. Il était rare qu'elles pussent s'asseoir en paix pour se reposer un instant. Ce soir-là, Annette étudiait ses versets pour l'école du dimanche. Sa mère, assise de l'autre côté du poêle, la suivait des yeux. Annette leva les yeux aussi, et vit le regard de sa mère, non plus attaché sur elle, mais encore tristement fixé sur le petit fourneau.

L'enfant comprit ce regard et y répondit à sa manière. Elle ferma son livre et chanta d'une voix douce, un peu plaintive, deux versets de cantique sur ce texte : *Venez à moi, vous tous qui êtes travaillés et chargés, et je vous soulagerai.*

— Conserves-tu quelque espoir? lui dit sa mère tristement quand elle eut cessé de chanter.

— Oui, maman, répondit tranquillement Annette.

— Moi, je perds quelquefois toute espérance.

Et Mme Matthieu cacha un moment son visage dans ses mains.

— Ton père sort tous les soirs, et tu sais où il

va; il prend de plus en plus goût au cabaret et à la société qu'il y rencontre. Peu s'en faut qu'il ne soit complétement ruiné.

— Oui, maman, mais la Bible nous dit de nous attendre au Seigneur.

— Attendre? Oui, et j'ai bien attendu; je te vois devenir mince comme une latte et faible comme un roseau. Ton père ne s'en aperçoit pas; il t'a laissée coucher là-haut tout l'hiver, pour que Lambert eût une bonne chambre.

— Oh! maman, à présent qu'il fait beau, mon grenier est très-gentil; la vie est plus jolie de ma fenêtre que d'aucune de celles de la maison.

— Je ne dis pas le contraire; toujours est-il qu'on ne mettrait pas coucher un chat dans ce coin.

— Mère, j'y suis très-bien; c'est fait exprès pour moi; le Seigneur Jésus y est toujours.

— Je crois bien qu'après cela tu ne pourras être bien que dans le ciel, dit la mère en retenant un soupir. Je te vois maigrir tous les jours.

— Comment peux-tu dire cela? Je me porte très-bien, excepté de temps en temps quand je suis trop fatiguée.

— Si seulement ton père voulait ouvrir les

yeux! mais il ne voit rien, il n'entend rien. Demain, on finit de couvrir la nouvelle bâtisse. Voilà quinze jours que j'y pense, et cela me tue.

— Pourquoi donc, maman?

— Je sais bien comment cela se passera; il y aura une grande réunion quand on aura posé la toiture de la maison. Ton père sera un des premiers à la fête, et je le vois d'ici boire à rouler ivre mort. Je voudrais presque qu'il tombât malade ou qu'il survînt quelque chose pour l'empêcher de sortir. Ils font tant de folies ces jours-là!

— Oh maman! ne souhaite pas qu'il tombe malade, repartit Annette.

Puis, elle se mit à réfléchir au moyen de retenir son père à la maison, le lendemain. Matthieu était charpentier, et, comme il travaillait bien, il n'avait jamais manqué d'ouvrage jusque-là; ses camarades le regardaient comme un très-bon ouvrier.

Jusqu'alors Annette s'était contentée de prier pour son père; elle pensa que le moment était peut-être venu de faire davantage. Mais comment s'y prendre? par quel appât le retenir loin de ses amis de cabaret? La seule chose dont on pouvait essayer, avec de faibles chances de succès, était un bon souper. L'enfant tint conseil avec sa mère. Celle-ci se rappela qu'autrefois elle faisait très-bien les gaufres et que son mari les aimait beaucoup. Si la voisine voulait bien prêter son gaufrier, et qu'on pût trouver quelques œufs, on pourrait essayer d'en faire.

— Mais, dit-elle, nous n'avons pas d'œufs, et je crois bien qu'il n'y a rien au monde qui puisse l'empêcher de se rendre à ce malheureux banquet.

Annette ne le croyait pas non plus. Sa confiance n'était pas dans les moyens extérieurs, mais il fallait, pensait-elle, faire au moins ce qu'on pouvait. On obtint le gaufrier de la voisine, et Mme Auguste, qui avait toujours des œufs pendant le carême, en prêta volontiers quelques-uns. Alors Mme Matthieu essaya de ses anciens talents; la petite la regardait faire, tandis que, de son jeune cœur, mainte prière ardente et silencieuse montait vers le ciel.

— Comment fais-tu, maman? disait-elle.

— Tu vois, je chauffe le gaufrier, je le beurre, j'y verse un peu de pâte, je le ferme, et je le mets sur le feu.

— Mais combien de pâte verses-tu dedans? tu ne le remplis pas?

— Non, je ne le remplis qu'à moitié; c'est

6.

en cuisant ainsi que la pâte se gonfle; tu vas voir.

Dès qu'elle fut revenue de l'école, Annette s'informa des gaufres.

— Sont-elles bien réussies?

— Parfaitement; je n'en ai jamais vu qui eussent meilleure mine. Mais j'oubliais qu'il faut les saupoudrer de sucre et de cannelle; ton père ne les trouverait pas bonnes sans cela. A vrai dire, je crains bien que tu ne le retiennes pas à la maison pour nous dire comment il les trouve.

Sans rien dire, Annette fit le tour de la chambre pour tout mettre en ordre et préparer la table. Quand le couvert fut mis, elle monta à sa chambrette, se mit à genoux, et pria . Du de prendre soin d'elle et de bénir son entreprise. Ayant ainsi remis toute l'affaire entre les mains du Seigneur, elle prit son bonnet et son manteau et descendit. Matthieu n'étant pas rentré à midi pour le dîner, on n'avait pu lui dire que sa femme et sa famille lui préparaient un petit régal; Annette allait donc le trouver pour s'acquitter de la commission.

— Le temps est bien mauvais, dit sa mère, je crains que tu ne prennes mal en sortant.

— Cela ne fait rien; je ne crois pas que cela

me fasse du mal ; je tâcherai aussi d'avoir un peu de sucre et de cannelle.

— Eh bien ! tu 'sais où est la bâtisse ; c'est dans le chemin des Sablons, bien plus loin que Mme Auguste.

L'enfant fit un petit signe de tête et partit. Quand la porte se ferma et que le doux et sérieux petit visage eut disparu, Mme Matthieu ressentit une grande angoisse ; elle eût bien voulu se soulager par des larmes ; mais elle ne put pleurer, et cette douleur contenue l'obligea à se lever. Elle parcourut la chambre à grands pas et finit par aller à la fenêtre regarder le temps qu'il faisait.

VII

LES GAUFRES

La première partie de la journée avait été
brillante et belle. Puis, comme il arrive parfois
en mars, le vent avait changé, les nuages s'é-
taient amassés, et il avait fini par neiger. De
grands flocons fondaient en tombant et refroi-
dissaient à la fois l'air et le sol.

Annette sentait ses pieds se mouiller, fait
peu nouveau pour elle, car au lieu de bons sa-
bots elle portait des chaussures percées. Bientôt la neige fondue eut transpercé son léger
manteau et refroidi ses épaules et ses bras.
Mais elle n'y prenait pas garde. A quoi pensait-
elle donc? A cet Ami, souverain et puissant,
qui console et fortifie, à Celui qui a promis d'être
toujours avec ses serviteurs et qui a dit : *Aucun*

de ceux qui s'attendent à moi ne sera confus. Qu'importait à la petite messagère de paix la pluie et la neige ? Elle se sentait couverte de la protection de son Père céleste.

Cependant elle avait pris elle-même un teint de neige quand elle arriva devant la boutique de Perrin ; elle était aussi blanche que les flocons qui couvraient son manteau. Le marchand la regarda avec plus d'attention que de coutume et ne fit aucune difficulté pour lui donner à crédit un peu de sucre et de cannelle ; il dit même que, si elle avait besoin d'autre chose, elle n'avait qu'à le demander. Annette remercia poliment, et son cœur battit plus fort à l'idée qu'elle allait s'acquitter de la partie la plus difficile de sa tâche.

La neige allait s'épaisissant, le froid et l'humidité augmentaient ; il y avait peu de monde dans les rues. Annette avait passé la maison de la boulangère et toute la partie populeuse du village. Ensuite, venaient des maisons éparpillées, grandes et belles, entourées de beaux jardins et de terrains clos de palissades du côté de la route. Un peu plus loin était un grand emplacement où M. Perrin faisait bâtir une nouvelle maison ; c'était là que travaillait Matthieu. Des buissons sauvages formaient une haie épaisse autour du

futur jardin ; Annette voyait la toiture à travers
la haie ; elle marcha jusqu'à ce qu'elle trouvât
une ouverture et aperçût devant elle la bâtisse.
Les ouvriers achevaient leur journée, les uns
sur des échelles, les autres sur le toit ; d'autres,
par terre, faisaient retentir l'air du bruit aigu
de leurs marteaux. L'enfant s'avança, un peu
timidement, à la recherche de son père. Elle
l'aperçut enfin, occupé avec Barthélemy, qui
faisait son apprentissage de charpentier. Personne ne vit venir la petite fille, on était trop
occupé ; d'ailleurs, le jour baissait et le bruit des
voix se mêlait au son des instruments de travail. Annette, qui n'était pas pressée de s'acquitter de son message, attendit. Barthélemy
fut le premier à l'apercevoir, mais il se montra
fort peu aimable, ne lui parla pas et ne dit pas
à son père qu'elle était là. Si elle vient, se di-
sait-il, c'est en qualité de trouble-fête ; c'est
assez d'avoir un seau d'eau à porter pour elle
tous les jours.

— Je pense, Matthieu, cria l'un des hommes,
qu'il ne vaut pas la peine d'apporter de ça chez
Perrin ; il nous en servira, je suppose. Annette
vit avec horreur que « ça » signifiait une cruche
d'eau-de-vie que l'ouvrier portait à ses lèvres.

— Perrin, répondit Matthieu, fera quelque

chose de gentil ce soir. La soirée sera humide dans tous les sens, je vous en réponds. J'ai tenu ma parole ; je compte bien que Perrin tiendra la sienne et ne nous laissera pas à sec.

— Il a promis des huîtres, n'est-ce pas ? cria un troisième interlocuteur du haut d'une échelle.

— Du punch et des huîtres, répliqua Matthieu en brandissant son marteau, ou c'est la dernière fois que je travaille pour lui ; oh ! je pense qu'il tiendra parole.

— Des huîtres ! ce n'est pas fameux, dit un quatrième ouvrier ; j'aurais préféré une tranche de porc frais.

— Papa, dit Annette en hésitant...

— Hé ! fit-il en se détournant, Annette, qu'y a-t-il pour ton service, petite ?

Il parlait d'un ton grossier ; sa face était rubiconde ; l'enfant tremblait comme une feuille ; elle prit son courage à deux mains et continua :

— Papa, je viens t'inviter à souper pour ce soir ; maman et moi nous voudrions bien te voir, viendras-tu ?

— Venir où ? répondit-il, ne la comprenant qu'à demi.

— A la maison, père ; maman a préparé quelque chose de bon.

— Je suis occupé, enfant, va-t-en, je soupe chez Perrin ; va-t-en.

— Et il reprit son marteau. Annette, les pieds dans la neige, attendit encore ; un moment après, elle s'approcha et dit tout bas :

— Maman a fait des gaufres ; elles sont bien réussies ; maman dit que tu les aimes bien ; la pâte est prête, il n'y a plus qu'à mettre les gaufres au feu. Ne viendras-tu pas en manger avec nous ?

— Quoi ! tu n'es pas partie ? répondit son père.

— Pourquoi n'avez-vous pas fait ces gaufres un autre jour ? grommela Barthélemy ; aujourd'hui, nous aurons du punch et des huîtres : c'est cela qui sera un régal !

Si Matthieu n'avait pas tant bu, il eût peut-être été touché en voyant Annette si pâle et si délicate, l'air à la fois empressé et intimidé ; au lieu de cela, il était irrité et vexé ; les paroles de sa fille tombèrent comme de l'huile sur du feu.

— Je te dis de t'en aller, dit-il rudement ; que viens-tu faire ici ? Je ne rentre pas à la maison ; je suis invité à souper, ce soir, et je n'y manquerai pas pour vos bêtises. Va-t-en !

Si son père avait été dans son bon sens, la pauvre enfant serait partie tout de suite ; mais, le voyant pris de vin, elle espérait que sa dé-

7

cision ne serait pas irrévocable, et elle résolut
de tenter un dernier effort.

— Papa, ajouta-t-elle d'un ton doux et sup-
pliant, je viens d'acheter de la cannelle et du
sucre pour les gaufres...

— De la cannelle et du sucre! s'écria-t-il
avec un gros juron ; et, se retournant, il poussa
rudement Annette. — Va-t-en, répéta-t-il,
occupe-toi de tes affaires et ne t'avise pas de te
mêler des miennes.

L'enfant chancela, recula et vint heurter du
pied contre une poutre qui la fit tomber lour-
dement à terre. Personne ne s'en aperçut, ni
Matthieu, ni Barthélemy, ni aucun des autres
ouvriers. D'abord, étourdie par sa chute, elle ne
sut que faire ; puis, elle se leva et reprit, humide
et triste, le chemin du logi. Son pauvre petit
château en Espagne s'était écroulé sur elle. Un
faible espoir l'avait soutenue à travers toutes
les luttes de cette journée ; maintenant tout espoir
était perdu. Annette était profondément affectée
par la rudesse de son père ; jamais elle ne l'avait
vu aussi grossier ; elle savait bien que l'eau-de-
vie en était cause, mais cela l'affligeait d'autant
plus. Des larmes amères coulèrent sur ses joues
décolorées, et, pendant un moment, sa foi enfantine fut ébranlée.

— Mais, après tout, se dit-elle, le Seigneur n'a-t-il pas promis de m'exaucer? N'ai-je pas eu tort de laisser faiblir ma confiance?

Ces émotions, jointes à sa chute, car elle s'était fait plus de mal qu'elle ne le pensait, lui firent éprouver un malaise inaccoutumé. Elle revint lentement sur ses pas, mais arrivée devant le magasin de Mme Auguste, elle n'eut pas la force de faire un pas de plus et tomba évanouie sur le perron. Elle n'y resta pas longtemps. La boulangère l'avait vue passer, une heure auparavant, et guettait le retour de sa pâle petite amie. A peine aperçut-elle le petit bonnet noir couvert de neige, qu'elle s'élança pour ouvrir la porte, juste à temps pour voir tomber Annette. En un instant, elle l'eut soulevée et portée dans la maison; puis, elle lui ôta son bonnet, humecta ses lèvres, lui bassina le front avec de l'eau de Cologne et lui en frotta les mains. N'étant pas assez forte pour poser l'enfant sur le lit, Mme Auguste l'avait mise par terre, avec un oreiller sous la tête. Annette revint à elle, ouvrit les yeux et regarda la bonne dame.

— Eh bien! mon Annette, dit celle-ci, que vous est-il arrivé? Qu'avez-vous?

— Je ne sais pas, répondit la petite malade d'une voix à peine intelligible.

— Vous sentez-vous un peu mieux?

Annette ne dit rien, elle n'avait pas la force de parler.

Mme Auguste lui fit avaler une petite cuillerée d'eau et de rhum qui la ranima un peu.

— Il faut que je me lève, dit-elle, et que je retourne à la maison.

— Non, vous allez rester tranquillement couchée jusqu'à ce que je trouve quelqu'un pour vous transporter sur le lit, dit la brave femme d'un ton décidé; je ne suis pas assez forte pour le faire moi-même. Que vous est-il arrivé?

— Je ne sais pas.

— Tenez, encore une petite cuillerée. Qu'avez-vous eu aujourd'hui pour votre dîner?

— Je ne me rappelle pas; mais il faut absolument que je rentre : maman a besoin de moi.

Et la malade essayait de se soulever.

— Restez couchée, comme une enfant sage, reprit la garde-malade improvisée en arrangeant l'oreiller. J'irai chercher quelqu'un pour vous emporter chez vous ou pour aller avertir votre mère. J'y vais tout de suite, ne bougez pas.

Annette, fatiguée de l'effort qu'elle avait fait, ne bougea pas. Elle avait repris connaissance et se rappela tout d'abord son chagrin ; elle s'attrista en pensant qu'elle avait succombé au découragement et manqué de confiance aux promesses du Seigneur. Sa foi était Revenue ; quoi qu'il arrivât, elle était sûre que « le rémunérateur de ceux qui le cherchent » avait une bénédiction en réserve pour elle. De beaux versets de la Bible, de ceux qu'elle aimait particulièrement, lui revinrent à la mémoire : *Il n'a point méprisé l'affliction de l'affligé ; il ne lui a point caché sa face. Quand l'affligé a crié à lui, il l'a entendu. Notre cœur se réjouira en lui, parce que nous nous sommes confiés en son saint nom.* C'est ainsi qu'elle implora le pardon de son Père céleste et lui rendit grâces pendant tout le temps que la marchande fut absente.

Mme Auguste, après avoir regardé dans la rue, ne voyant venir personne, était retournée auprès d'Annette. Celle-ci avait repris son expression habituelle, mais elle était encore plus pâle que de coutume.

— Il faut que je me sois blessée à la bouche, dit la petite malade, mon mouchoir est taché de sang. Comment donc suis-je entrée ici ?

— Du sang, vous vous êtes blessée ? Laissez-moi voir.

Et la bonne femme prit un air si anxieux et

si affairé qu'Annette ne put s'empêcher de sourire.

— Comment suis-je entrée ici, madame ?

La boulangère ne répondit pas, mais courant à son armoire, elle y prit un bol et une cuiller, et versa du bouillon chaud dans le bol.

—Qu'avez-vous pris pour votre diner, Annette ? vous ne me l'avez pas dit.

— Pas grand chose ; je n'avais pas faim. Oh ! laissez-moi me lever pour aller trouver maman.

— Vous prendrez d'abord un petit potage, dit son amie, et, lui soulevant la tête, elle lui fit avaler le bouillon avec une cuiller. Heureusement ce n'est pas un jour maigre. Où est votre père ? Ne causez pas ; mais dites-moi où est votre père ; j'aurai soin du reste.

— Il travaille à la maison neuve de M. Perrin.

— Y est-il aujourd'hui ?

— Oui, madame.

Mme Auguste savait que c'était l'heure où les ouvriers rentraient chez eux ; elle épia donc, près de sa fenêtre, le retour des charpentiers ; elle craignait un peu qu'ils ne fussent déjà passés. Au même instant, des pas lourds et des voix d'hommes se firent entendre. La petite

dame ouvrit sa porte et s'approcha d'un groupe
d'ouvriers.

— M. Matthieu est-il ici, dit-elle? Messieurs,
veuillez m'indiquer M. Matthieu, le charpentier.

— Georges, on vous demande, cria l'un des
compagnons.

Un homme grand, robuste, de belle apparence,
s'arrêta devant Mme Auguste.

— Êtes-vous M. Matthieu? dit-elle.

— Oui, madame.

— Veuillez entrer, j'ai à vous parler ; votre
fille Annette est bien malade.

— Malade ! s'écria-t-il; où est-elle?

— Ici ; chut ! il ne faut rien lui en dire, mais
elle est très-malade. Elle est tombée évanouie à
ma porte, et je l'ai relevée. Elle désire retourner à la maison; mais je crois que vous ferez
mieux de me la laisser cette nuit.

— Où est-elle? demanda encore Matthieu ; et
il entra avec si peu de cérémonie, que la maîtresse du logis dut lui céder le pas. Il regarda
tout autour de lui dans le magasin.

— Dans le fond, vous allez la voir; mais surtout ne lui dites pas qu'elle est malade ; il ne
faut pas l'agiter.

— Où est-elle ? je veux la voir ! répéta l'ouvrier, d'un ton et avec un regard qui firent craindre à Mme Auguste qu'il n'enfonçât les portes si elle ne se hâtait d'ouvrir.

Dans l'arrière-boutique, éclairée par une faible lumière, Matthieu vit Annette couchée sur des coussins. Il avait recouvré son bon sens et s'arrêta sans mot dire.

— Père, dit l'enfant à voix basse.

— Que veux-tu, ma fille ?

— Puis-je retourner à la maison ?

— Elle ferait mieux, dit son amie, de ne pas s'exposer à l'air ; il fait humide et froid, ce soir. Dites-lui donc que ce qu'elle a de mieux à faire est de rester avec moi cette nuit.

Mais Annette continuait à supplier son père.

— Je t'en prie, laisse-moi rentrer chez nous; maman sera si inquiète si elle ne me voit pas !

La petite parlait peu ; elle était très-faible; voyant combien elle désirait retourner chez elle, son père la souleva dans ses bras vigoureux.

— Pourriez-vous me prêter de quoi la couvrir, dit-il, je vous le rapporterai ?

Voyant que sa protégée lui échappait, la brave femme mit un capuchon ouaté sur la tête de l'enfant et l'enveloppa d'une épaisse couverture. Puis, se penchant sur elle :

— J'aurais voulu vous garder encore. Ne dites rien à votre maman de votre blessure à la bouche ; ce ne sera peut-être rien. La voilà prête, monsieur Matthieu.

Matthieu sortit de la maison, emportant avec précaution son précieux fardeau ; il marchait d'un pas ferme et rapide, mais il ne dit pas un seul mot, de tout le long du chemin.

Arrivé chez lui, il s'assit en silence avec Annette dans les bras. Mme Matthieu, pâle et silencieuse, assistait à cette scène muette sans oser en demander l'explication. L'enfant avait son air habituel, à part une pâleur vraiment mortelle ; en apercevant sa mère, elle aurait voulu se lever, mais son père la retint.

— Qu'as-tu, Annette ? dit-il enfin.

— Rien, papa ; seulement, mettez-moi au lit ; puis, vous souperez, maman et toi.

Son père écarta doucement la couverture qui l'enveloppait et la posa sur le lit.

— Qu'y a-t-il ? dit la mère d'une voix étouffée.

— Pas grand chose, chère maman ; j'ai été un peu malade ; voilà tout. Ne vas-tu pas faire cuire tes gauffres et préparer le souper ?

— Que veux-tu prendre ? dit son père.

— Rien ; Mme Auguste m'a donné du bouil-

7.

lon ; je suis mieux à présent. Maman, je t'en prie, prépare le souper et laissez-moi vous regarder.

La pauvre mère était si émue qu'elle pouvait à peine se tenir debout ; mais la petite semblait tenir beaucoup à voir préparer le souper, et Matthieu ne faisait pas mine de sortir. Mme Matthieu revint donc peu à peu à elle-même et fit les apprêts du souper. Annette suivait du regard chacun de ses mouvements. Quant au charpentier, lorsqu'il était sûr de n'être pas observé, il regardait son enfant. On eût dit un tout autre homme que de coutume ; sa femme n'y comprenait rien, et ce calme inusité la faisait trembler malgré qu'elle en eût ; Annette, au contraire, était très-heureuse. Elle ne ressentait pas de douleur, mais seulement une extrême faiblesse ; la tête sur l'oreiller, elle suivait des yeux les progrès des gaufres, étonnée et réjouie tout à la fois de cette fin de journée, tout inattendue, qui amenait son père souper chez lui.

L'enfant était seule à jouir ; ses parents mangeaient du bout des lèvres, pour lui faire plaisir. Mme Matthieu apprit de la bouche de son mari qu'Annette s'était évanouie, qu'il l'avait trouvée chez Mme Auguste et rapportée à la maison ; il n'entra pas dans d'autres dé-

tails. Le souper fini, il vint s'asseoir à côté
de l'enfant et lui dit qu'elle coucherait auprès de
sa mère, tandis que lui-même prendrait sa place
au grenier. Annette objecta vainement qu'elle
était assez bien pour monter dans sa chambre ;
son père ne voulut pas en entendre parler et
pria sa mère d'aller chercher en haut tout ce
dont la petite pourrait avoir besoin. Il profita de
ce que sa femme était sortie de la chambre pour
dire à Annette, à demi-voix et la tête baissée :

— Qu'est-ce que cette blessure à la bouche
dont Mme Auguste parlait ?

L'enfant tressaillit ; elle pensa qu'il faisait
un rapprochement entre cette prétendue blessure et le moment où il avait rudement poussé
Annette près de la bâtisse. N'osant trop répondre, elle dit qu'elle avait un peu de sang sur son
mouchoir et que, peut-être, elle s'était blessée
en tombant évanouie sur le perron de Mme Auguste.

— Montre-moi ton mouchoir, dit son père.

Annette obéit ; puis il regarda la bouche de
l'enfant et le mouchoir, pâlit et prit un air très-
triste. Il vit, en effet que sa fille ne s'était pas
blessée à la lèvre, mais qu'elle devait avoir eu
un vomissement de sang, ce qui était bien plus
grave. Jamais de la vie Annette n'avait vu son
père si bon et si doux, et quand il monta se

coucher et qu'elle-même s'endormit dans les
bras de sa mère, elle était aussi heureuse que
possible ; toutefois, elle ne confia pas à sa chère
maman le secret de ses espérances et de ses
joies, mais de son cœur s'élevèrent de ferventes
actions de grâces vers son bon Père céleste
pour les bienfaits de cette journée mémorable.

Le lendemain matin, elle fut assez bien
pour se lever et s'habiller ; mais ses parents
ne lui permirent aucun travail. Matthieu envoya Barthélemy chercher de l'eau et du bois,
et alluma lui-même le poële ; puis, il prit la
petite malade dans ses bras et la fit asseoir sur
ses genoux jusqu'à ce que le déjeûner fût prêt ; il
ne parla pas, fit tenir Barthélemy tranquille et
parut tout autre qu'à l'ordinaire.

Annette était encore très-faible et laissait re-
tomber sa tête sur l'épaule de son père ; elle
méditait, admirait les dispensations de Dieu et
priait en silence.

Voyant avec tristesse qu'elle ne pouvait
manger, son père la posa sur le lit en lui pro-
mettant quelque chose de bon quand il rentrerait.

Le jour fut singulièrement long et paisible
pour la malade. Au lieu d'aller à l'école et de

parcourir la maison dans tous les sens en tra-
vaillant toujours, elle était étendue à se reposer,
suivant sa mère du regard. Leurs yeux se rencontrèrent, et Annette fit signe à sa maman de
s'approcher.

— Qu'as-tu, mère? lui dit-elle tendrement.

Mᵐᵉ Matthieu pouvait à peine parler.

— Je suis fâchée, dit-elle enfin, de te voir là,
incapable de te relever.

— Maman, fit l'enfant avec expression, il y a
un repos pour ceux qui sont las.

— O Annette, reprit sa mère en pleurant,
je n'ai que toi, tu es mon seul trésor, ma bénédiction !

— Chut ! maman ; ce n'est pas moi qui suis
ta bénédiction, et tu as un trésor plus précieux
que moi. Tu sais que Jésus est là ; ô maman,
repose-toi sur lui, confie-toi en lui !

— Je ne mérite pas qu'il s'occupe de moi,
dit la mère en s'efforçant de contenir ses larmes.

— Je me sens très-bien, continua l'enfant,
un peu faible, il est vrai ; mais je serai bientôt
rétablie. Et je suis si heureuse !

— N'est-ce pas, maman, tu te reposeras
sur le Seigneur ? Ne vas-tu pas préparer le
dîner ?

Annette n'était pas capable de parler long-temps de suite ; sa mère s'efforça d'être calme et vaqua à ses occupations. Matthieu tint parole et rapporta le soir des huîtres fraiches, espérant flatter par là l'appétit de la malade. Mais ce qui fit le plus de plaisir à celle-ci fut de le voir rester à la maison. Annette ne mangeait presque rien ; son amie la boulangère lui avait apporté un excellent petit pain de gruau et un bouillon exquis ; c'était là ce que, pour le moment, la petite fille prenait avec le plus de plaisir.

VIII

LA CITÉ SAINTE

Les jours s'écoulaient ; Annette ne se sentait pas malade, mais ses forces ne revenaient pas. Son père ne voulait pas qu'elle fît le moindre travail ni qu'elle remontât coucher au galetas. Pourtant, elle l'avait demandé bien instamment, craignant que son père n'y fût pas bien. Il avait pris l'habitude de rentrer à la maison pour les repas et ne sortait plus le soir. Sa paye fournissait aux besoins du ménage, et, tous les jours, il apportait à Annette quelque chose de nouveau pour essayer de la faire manger. Il était doux et grave, s'occupait beaucoup de sa fille ; sa manière d'être avait entièrement changé.

Au milieu de ses inquiétudes pour la santé

de son enfant, Mme Matthieu commençait à respirer plus à l'aise. Quant à son mari, il ne pensait qu'à Annette, à lui-même peut-être, et ne respirait guère. Après le souper, il attirait la petite dans ses bras, la faisait asseoir sur ses genoux, la tête appuyée sur sa robuste épaule, presque toujours silencieux, excepté quand il demandait à sa fille ce qui lui ferait plaisir. La première fois qu'il fit cette question, Mme Matthieu n'était pas là, et Annette pria son père de bien vouloir lui faire la lecture. Il hésita un peu, puis il lut un chapitre de la Bible, car l'enfant ne désirait pas qu'on lui lût autre chose. Dès lors, la glace était rompue, et le père fit bien souvent la lecture à sa fille. Lambert, fidèle à ses anciennes habitudes, allait presque toujours au cabaret le soir. Un samedi après midi, Matthieu passa plusieurs heures à se rendre dans une ferme où l'on élevait des pigeons. Il en apporta un à sa fille pour son souper, mais à peine si elle put en goûter.

— Que faire pour toi ? lui dit son père, tu t'en vas comme une ombre et tu ne manges rien. Que puis-je faire pour t'être agréable ?

Ils étaient seuls ; Annette leva la tête ; le regard du père et de la fille se rencontrèrent.

— Si tu voulais venir à Jésus, père! dit-elle.

— Mais comment? je ne sais comment faire; je ne suis pas préparé.

— Jésus t'acceptera tel que tu es, papa, si tu veux venir à lui.

— Nous en reparlerons une autre fois, quand tu seras guérie.

— Mais suppose que je ne guérisse pas.

— Quoi? dit le père tout effrayé.

— Peut-être que je ne me rétablirai pas, continua l'enfant, sans que son expression, si paisible, fût le moins du monde altérée; alors, j'irai dans la cité aux murailles d'or et aux portes de perles, et je t'attendrai, papa, jusqu'à ce que tu viennes.

Pour toute réponse, Matthieu poussa un soupir.

— Papa, veux-tu y venir? répéta la malade.

La faible rougeur de ses joues témoignait de l'ardeur de ses sentiments; il y avait dans sa voix un accent indicible de tendresse et d'espérance.

— Oui, répondit le père à voix basse, si tu veux me montrer le chemin.

Un éclair de joie brilla dans les yeux d'Annette; c'était trop d'émotion pour sa frêle enveloppe; elle dut s'appuyer sur l'épaule de son père pour retrouver le souffle.

— Père, poursuivit-elle, la seule chose nécessaire, c'est de venir à Jésus.

— Mais qu'est-ce que cela veut dire, Annette? tu sais que je ne comprends pas bien.

— Cela signifie, papa, que Jésus te tend sa main pleine de promesses. Veux-tu saisir ses promesses ? il n'y a que cela à faire.

— Quelles sont ces promesses ?

Annette reprit haleine, car son cœur battait bien fort, puis elle ajouta :

— C'est ici sa promesse, savoir la vie éternelle.

— Comment un homme pécheur peut-il embrasser cette promesse ? demanda Matthieu en s'efforçant de maîtriser son émotion. C'est bon pour les gens comme toi, mon enfant, mais non pas pour moi.

— Jésus nous a acquis la vie éternelle, s'écria Annette ; il nous la donne gratuitement ; tu l'auras, si tu crois en lui, si tu l'aimes, papa... je ne puis continuer.

Elle avait déjà trop parlé et s'était trop agitée. Un accès de toux lui coupa la parole et fut suivi d'un nouveau vomissement de sang. Son père la posa sur le lit et, pendant plusieurs jours, elle dut garder le repos le plus absolu. Cette rechute l'avait plus affaiblie que la première atteinte du mal. Son expression n'avait pas changé; elle était toujours patiente et sereine. Son père ne lui permettait pas de parler, mais prévenait tous ses désirs. Il lui lisait tous les jours un chapitre de la Bible, qu'elle choisissait elle-même, et son regard si doux, si tendre et si profond, était pour le lecteur la plus éloquente des exhortations. Sur la prière de l'enfant, il alla à l'église et finit par s'y rendre sans qu'elle le demandât. Pour elle, confinée à la maison, elle passait le temps du culte à chanter des psaumes dans son cœur.

Après une quinzaine de jours, un mieux inattendu survint. Annette se sentait plus forte, reprenait son teint habituel, se levait et même marchait un peu. Avril verdissait les campagnes; les oiseaux chantaient dans les arbres, le soleil brillait d'un nouvel éclat, et les tièdes haleines du printemps faisaient oublier l'hiver si rigoureux qu'on venait de traverser.

Annette faisait de petites promenades qui semblaient lui réussir. Comme elle demandait avec beaucoup d'instance à retourner dans sa mansarde, son père eut pitié d'elle, renvoya Lambert et rendit à sa fille son ancienne chambrette. Sa mère nettoya tout et rangea toutes les affaires de l'enfant; celle-ci fut tout heu-

reuse de reconquérir un petit chez elle où elle
pût lire sa Bible et prier tranquillement. Quand
les fenêtres étaient ouvertes, que le printemps
embaumait l'air, cette petite chambre était bien
jolie ; toutefois, Annette conserva toujours un
faible pour son grenier.

— Il était tout plein de passages de la Bible,
disait-elle à sa mère. Tu sais que souvent
il y faisait trop froid pour rester levée ; alors,
je me couchais et je pensais, tout éveillée, à
beaucoup de choses. Cela m'arrivait soir et
matin, à la clarté des étoiles ou bien au clair de
lune.

— Mais comment le grenier était-il rempli
de versets de la Bible ?

— C'est que je regardais les poutres, ou la
fenêtre, ou les tuiles, tout en me répétant certains passages, quand il faisait trop froid ou
trop sombre pour avoir ma Bible à la main ;
alors les paroles de l'Écriture sainte me parais-
saient voler tout autour de moi ; elles entraient
et sortaient par les trous des solives ou les fentes des murs. Et quand j'ouvrais mon volet,
maman, je ne pouvais m'empêcher de penser
à ce verset : *Ouvrez les portes afin que la
nation juste, qui garde la vérité, puisse entrer.*
J'y pensais toujours, et par la fenêtre je voyais

les étoiles et je regardais la sainte cité aux portes
de perles et aux murailles d'or.

— Tu la regardais? reprit Mme Matthieu.

— Oui, en pensée, tu comprends. Oh ! que
nous sommes heureux, maman, de nous diriger
vers ce but ! Il me semble que le soleil est là-
bas comme un rideau baissé sur la porte de cette
cité, et qu'elle est tout juste derrière les nuages
du couchant.

L'enfant parlait avec ardeur et douceur tout
à la fois, couchée sur son lit, tandis que sa
mère travaillait à côté d'elle et qu'une brise
printanière remplissait les airs.

— Qu'est-ce qui te fait songer à ces choses ?
dit sa mère, qui semblait triste et pensive.

— Je ne sais pas, j'y pense toujours depuis
l'hiver dernier. Et puis, maman, tu sais que
Jésus y est; comment pourrai-je m'empêcher
d'y penser ?

— Jésus est aussi ici, murmura sa mère.

— Maman, fit Annette tendrement, n'aimes-
tu pas ces paroles : *Il n'a point méprisé l'affliction de l'affligé et il n'a point caché sa face
de lui ; mais quand il a crié vers lui, il l'a
exaucé ?*

La petite malade aurait voulu chanter ; elle
savait que ses chants avaient souvent consolé sa

mère; mais, ce jour-là, elle ne le pouvait pas.
Ses douces paroles étaient à la fois pour sa
pauvre mère une flèche qui blesse et un baume
qui guérit. Elle récita d'une voix limpide les
strophes suivantes, touchante expression de sa
foi ferme et enfantine :

> Au Sauveur j'abandonne
> Ma vie et ma personne,
> Mes projets et mes vœux.
> Sans lui rien ne prospère;
> Sans mon céleste père
> Rien ne saurait me rendre heureux.

> Oui, mon âme est tranquille;
> O mon Dieu, mon asile,
> Tu m'as pris par la main.
> Je sais que cette vie
> Pour moi sera suivie
> D'un parfait repos dans ton sein.

Pendant quelques semaines, Annette sembla
reprendre de jour en jour de nouvelles forces.
Sa mère elle-même s'y trompait et se prenait à
espérer. Quant à Matthieu, il ne se faisait pas
illusion. Sa négligence coupable envers sa fille,
dans le passé, lui donnait-elle une clairvoyance
particulière, fruit de son repentir ? Je ne sais,
mais il pensait constamment au prochain départ
de sa chère petite. A peine avait-elle exprimé
un souhait, qu'il courait l'accomplir ; il lui épar-
gnait tout désagrément. Chez lui, il lisait la Bible

et, le dimanche, il allait au culte. Sa conduite envers sa femme avait complétement changé, et Barthélemy lui-même s'était adouci et amélioré à un degré étonnant.

Désormais Annette n'avait plus rien à désirer.

Vers la fin de mai, un dimanche, la malade était seule à la maison, tandis que le reste de la famille était à l'église ; la voisine d'en bas avait promis d'aller voir de temps en temps si la petite solitaire n'avait besoin de rien. Après avoir lu sa Bible et feuilleté son livre de cantiques, se sentant fatiguée, elle alla se coucher. La journée était chaude, les arbres avaient encore toutes leurs feuilles. De son lit, Annette voyait les rayons du soleil se jouer dans le feuillage et, par une éclaircie, elle apercevait, dans le lointain, un coin du coteau. La paix du dimanche régnait dans le village, et le silence n'était interrompu que par le chant des oiseaux. Bientôt Annette entendit revenir ses parents et son frère. Sa mère vint l'embrasser et sortit ; son père vint la baiser au front, lui adressa quelques paroles et alla regarder par la fenêtre.

— Papa, dit Annette après un moment de silence.

— Que désires-tu, chère petite ?

— Papa, les rues de la sainte cité sont pavées d'or.

— Oui, dit-il, en rencontrant le regard profond de l'enfant, eh bien ?

— Je pensais que si les rues sont pavées d'or, ceux qui y marchent doivent être entièrement purs.

Il s'assit près du lit, cachant son visage dans ses mains :

— Je suis un homme pécheur, mon enfant ! reprit-il.

— Papa, *cette parole est certaine et digne d'être reçue avec une entière croyance : que Jésus-Christ est venu dans le monde pour sauver les pécheurs.*

— Je ne mérite pas qu'il me sauve.

— Eh bien ! demande-lui de te sauver parce que tu ne le mérites pas.

— Ne serait-ce pas une prière bien étrange ?

— Ce serait la meilleure des prières, papa ; Jésus nous a mérité la vie éternelle ; nous l'avons pour l'amour de lui. Si tu pouvais la mériter, Jésus te serait inutile ; mais c'est lui qui est notre paix. O papa, écoute, écoute ce qu'il dit dans sa parole... Elle feuilleta sa Bible et lut à demi-voix ces mots : *Nous sommes ambassadeurs pour Christ, et nous vous supplions* que vous soyez *réconciliés avec Dieu*. Papa, ne désirés-tu pas être réconcilié avec lui?...

— Dieu sait si je le désire !

— Il le veut, lui, j'en suis sûre, lui qui a été navré pour nos forfaits et qui a pris sur lui toutes nos iniquités. Il a fait la paix; il est le prince de la paix; il te donnera la paix, ô père !

Ici il y eut un long silence; Annette regardait son père.

— Que faut-il que je fasse? reprit ce dernier.

— Crois au Seigneur Jésus.

— Comment faire?

— Le meilleur moyen, c'est de le lui demander à lui-même; il t'indiquera ce que tu dois faire, pourvu que tu veuilles le servir et te donner toi-même à lui.

— Je veux n'importe quoi, pourvu qu'il m'accepte.

— Alors, va, papa, dit l'enfant avec feu, va le lui demander; il te répondra, il t'acceptera; il l'a promis. Papa, va demander au Sauveur de te recevoir, veux-tu? Vas-y tout de suite.

Matthieu, un moment immobile, se leva, sortit de sa chambre et monta au grenier. Annette entendit le bruit de ses pas, croisa ses mains sur sa poitrine et sourit de bonheur.

8

Bientôt après, sa mère entra et fut effrayée de lui voir les joues rouges et l'air très-fatigué. Elle voulut lui faire prendre quelque chose, mais Annette ne put manger. Sa mère l'engagea à essayer de dormir, mais l'enfant n'y réussit pas tout de suite. Peu à peu cependant, le sommeil la gagna. Sa mère veillait à côté d'elle et lisait sur ses joues délicates et son teint transparent une sentence de séparation. Son cœur se brisait; mais, pour l'amour de la malade, elle contint le cri qui allait lui échapper. Au moment où le soleil descendait derrière les collines et caressait de ses derniers rayons le sommet des grands peupliers, Annette s'éveilla.

— Es-tu là, maman? demanda-t-elle; le jour est-il si près de sa fin? Comme j'ai dormi!

— Comment te trouves-tu, ma chérie?

— Je vais bien; j'ai eu une bonne journée. Ici l'or est dans l'air et non sur le pavé des rues, ajouta-t-elle en regardant par la fenêtre.

— Penses-tu toujours à la cité céleste? dit Mme Matthieu avec quelque tristesse.

— Mais toi, mère, dit la petite fille, l'œil toujours fixé sur le soleil couchant, serais-tu bien triste et bien étonnée si je devais bientôt entrer dans cette cité sainte?

— Étonnée? non, répondit la pauvre mère;

et son accent en disait plus que ses paroles.
Annette la regarda avec une grande tendresse.

— Tu ne serais pas longtemps avant de m'y
rejoindre. Viens, maman, me donner un baiser.

Il n'était pas possible de refuser; la mère
prit l'enfant dans ses bras, mais au lieu d'un
baiser ce fut une étreinte convulsive, un accès
de douleur qui semblait ne pas vouloir prendre
fin. Un chagrin longtemps contenu, une indicible tendresse, une gratitude qui n'avait pas pu,
jusqu'à ce moment, trouver d'expression, tout
cela se confondait dans ces larmes et ces san-
glots, et le pressentiment d'une séparation im-
minente dominait tout le reste. On eût dit que
la pauvre femme oubliait sur quel fragile appui
sa tête s'était posée; mais il fallait laisser libre
cours, pour un moment, à cette revanche de la
nature, trop forte pour qu'on pût lui résister.
Annette supporta cette crise sans faiblir. D'a-
bord, un léger tremblement de ses lèvres trahit
son émotion; puis, elle se calma, comprenant
trop l'ébranlement cruel du cœur de sa chère
maman. Fidèle à son office, l'enfant de paix
essaya de son art de guérison. Elle caressa
doucement le visage de l'affligée et dit lentement :

— Maman, ne sais-tu pas que Jésus a dit :

Heureux ceux qui pleurent, car ils seront consolés? Vous serez dans la tristesse, mais votre tristesse sera changée en joie.

Madame Matthieu leva sa tête et sécha ses pleurs, un peu confuse d'avoir laissé à la faible malade le rôle de la force, et de ne s'être pas mieux contenue en présence de la frêle enfant.

Annette se coucha bien fatiguée :

— Mère, dit-elle, je vais rester ici jusqu'au souper, puis j'irai vous rejoindre.

C'est ce qu'elle fit. Son père était assis près de la table; il parla peu. Annette prit une tasse de thé, un biscuit et un œuf frais que sa mère avait mis à la coque pour elle. Après le souper, quand on eut quitté la table et que la mère de famille fut occupée ailleurs, Annette tourna ses grands yeux vers son père, d'un air à la fois tendre et interrogateur. Matthieu était grave; il paraissait subjugué par quelque sentiment puissant. Il rencontra ce regard enfantin et y répondit.

— Je comprends à présent, Annette, dit-il.

Il serait difficile de peindre le beau sourire qui éclaira le visage de la malade. Peu expansive de son naturel, elle gardait volontiers ses émotions pour elle; mais ce sourire en disait plus qu'elle ne croyait. Son père la prit tout doucement sur ses genoux; elle y resta sans mot dire, jusqu'à ce que, soit bonheur, soit fatigue, soit tous les deux, elle s'endormit sur son épaule.

Pendant quelques jours, un grand calme régna dans la famille Matthieu. Ils étaient heureux ensemble, quelquefois pleins d'espérance, et pourtant ils se disaient que cela ne pouvait durer longtemps.

La fin vint, en effet, par une splendide journée d'été. C'était encore un dimanche; Annette couchée sur son lit, jouissait dans sa faiblesse de la pureté de l'air et de la beauté du paysage. Sa mère avait remarqué chez elle, depuis quelques jours, un affaiblissement graduel. Annette elle-même se sentait décliner.

— Dans combien de temps crois-tu que papa rentre? commença-t-elle.

— Pas avant une heure, répondit sa mère; pourquoi demandes-tu cela?

— Ce n'est rien, reprit l'enfant d'un air indécis; je voudrais qu'il rentrât.

— Il ne tardera pas à rentrer.

— Maman, je veux te donner mon cher petit livre de cantiques, et je voudrais te lire un cantique à présent, veux-tu? Et tu penseras à moi quand tu le reliras.

8.

— Lis, dit la mère en élevant la main pour cacher son visage.

Annette lut, sans que sa voix faiblit, gravement, doucement; on distinguait seulement dans ses inflexions un faible accent de joie ou de tendre sympathie :

> Sainte Sion, ô patrie éternelle,
> Palais sacré qu'habite le grand roi,
> Où doit sans fin régner l'âme fidèle,
> Quoi de plus doux que de penser à toi!
>
> Dans tes parvis tout n'est plus qu'allégresse,
> C'est un torrent des plus chastes plaisirs;
> On ne ressent ni peines, ni tristesses,
> On ne connaît ni plaintes, ni soupirs.
>
> Tes habitants ne craignent plus l'orage;
> Ils sont au port, ils y sont pour jamais.
> Un calme entier devient leur doux partage,
> Dieu dans leur cœur verse un fleuve de paix.
>
> De quel éclat Jésus les environne!
> Ah! je les vois tout brillants de clarté;
> Rien ne saurait y flétrir leur couronne,
> Leur vêtement est l'immortalité.
>
> Pour les élus, il n'est plus d'inconstance;
> Tout est soumis au joug du saint amour;
> L'affreux péché n'a plus là de puissance,
> Tout bénit Dieu dans cet heureux séjour.
>
> O mon Sauveur, qui, par ton sacrifice,
> Pour tout croyant ouvris ces nouveaux cieux,
> Viens, couvre-moi de ta sainte justice,
> Et vers Sion élève tous mes vœux!

Mme Matthieu avait baissé la tête, mais elle luttait contre son émotion; l'accent tendre, respectueux, un peu craintif de l'enfant, calmait la pauvre mère. Certes, jamais elle n'oublia ce beau cantique!

La lecture achevée, elle attendit, pour lever les yeux sur la malade, d'avoir repris tout son empire sur elle-même. Elle vit que le livre était tombé des mains de la petite lectrice et que celle-ci avait presque perdu connaissance. Fort alarmée, elle appela au secours et pria une voisine d'aller en toute hâte chercher Matthieu, en l'avertissant qu'Annette déclinait et qu'on craignait qu'il n'arrivât trop tard.

La messagère revint sans avoir pu le trouver; au sortir du culte, il était allé voir un pauvre et lui avait porté quelques secours. Annette ne parlait pas; peut-être même ne s'apercevait-elle pas de l'absence de son père; elle paraissait entièrement étrangère à tout ce qui se passait autour d'elle.

Mais, au moment où les derniers rayons du soleil doraient le faîte des grands arbres et disparaissaient derrière les collines, on entendit le pas de Matthieu, et la voisine se porta à sa rencontre pour le préparer à voir son enfant mourante. Comme il se penchait sur elle en lui disant un mot de tendresse, elle reconnut sa voix, ouvrit les yeux, les fixa sur son père et sourit encore une fois. C'était un sourire si pur, si doux, si heureux, qu'il semblait venir du ciel.

Le père posa ses lèvres sur le front de la petite mourante et essaya de lui parler :

— Enfant de paix, dit-il, que ferais-je sans toi ?

Annette chercha péniblement son souffle.

— La paix est faite! dit-elle lentement.

Et l'enfant de paix s'envola dans le séjour de la paix.

FIN.

TABLE DES MATIÈRES

Paris. — Imprimerie ADOLPHE REIFF, 9, place Cambrai.

www.ingramcontent.com/pod-product-compliance
Lightning Source LLC
Chambersburg PA
CBHW071232260626
47162CB00004B/1532